春待ち同心【四】

心残り

小杉健治

コスミック・時代文庫

この作品は二〇一三年六月に刊行された『心残り　独り身同心（四）』（ハルキ文庫）を改題し、大幅に加筆修正を加えたものです。

目次

春待ち同心 人物相関図

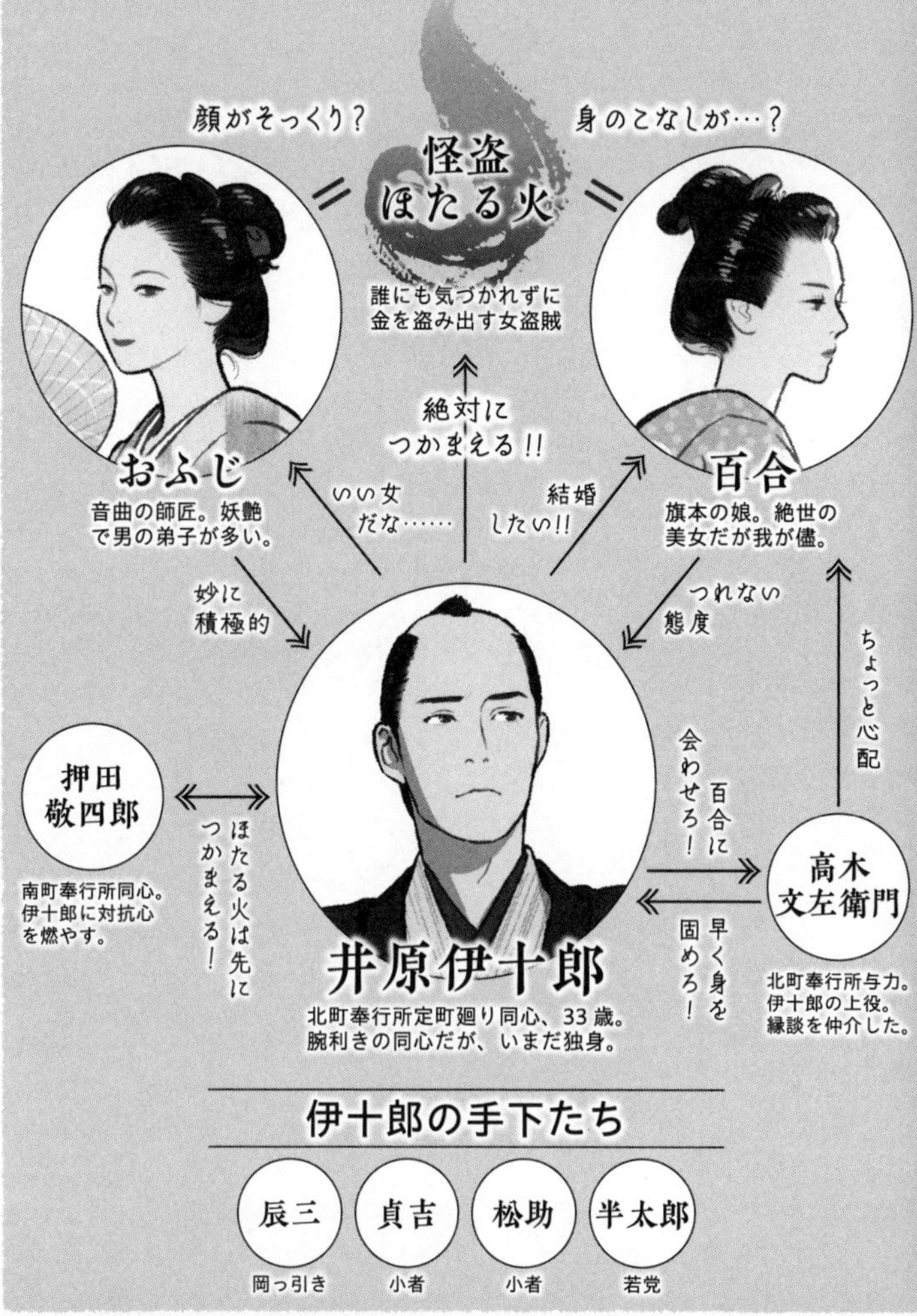

顔がそっくり？
身のこなしが…？
怪盗
ほたる火
誰にも気づかれずに
金を盗み出す女盗賊
おふじ
音曲の師匠。妖艶
で男の弟子が多い。
百合
旗本の娘。絶世の
美女だが我が儘。
絶対に
つかまえる!!
いい女
だな……
結婚
したい!!
妙に
積極的
つれない
態度
ちょっと心配
押田
敬四郎
南町奉行所同心。
伊十郎に対抗心
を燃やす。
ほたる火は先に
つかまえる！
百合に
会わせろ！
早く身を
固めろ！
高木
文左衛門
北町奉行所与力。
伊十郎の上役。
縁談を仲介した。
井原伊十郎
北町奉行所定町廻り同心、33歳。
腕利きの同心だが、いまだ独身。
伊十郎の手下たち
辰三
岡っ引き
貞吉
小者
松助
小者
半太郎
若党

第一章　ゆすり

一

晩秋の弱い陽光が豊島町《としまちょう》一丁目にある鼻緒問屋『和賀屋《わがや》』の庭に射《さ》している。いよいよ厳しい冬が間近に来たような冷気が身を包む。

朝の四つ（午前十時）前。北町奉行所定町廻《じょうまちまわ》り同心の井原伊十郎《いはらいじゅうろう》は土蔵の前に立っていた。

「じゃあ、最後に金を確認したのは一昨日《おととい》というわけですね」

手札を与えている辰三《たつぞう》が主人の安右衛門《やすえもん》にきいた。大柄な男で、鼻が大きくて横に広がっている。

「はい。一昨日の夕方、私が百両箱にちゃんと三十両を仕舞いました」

安右衛門が憤然とした顔で答える。

「きのうは百両箱を調べなかった。で、今朝になって百両箱を開けたら三十両がなくなっていた。そういうわけですね」

「はい。そのとおりでございます」

「そのとき、番頭《ばんとう》さんもいっしょだったんですかえ」

「はい。私もいっしょに土蔵に入りました。間違いなく、旦那《だんな》さまはお金を仕舞われました」

実直そうな番頭は自分の責任であるかのように身をすくめて答えた。

「鍵《かぎ》の取り扱いはどうなっているんだ？」

伊十郎は口をはさんだ。

「はい。私が持っております。奉公人が土蔵に用があるときは、必ず番頭を通して鍵を渡します」

主人が答えた。

「すると、奉公人が土蔵に入るときにはいつも番頭もいっしょなのか」

「はい、さようでございます」

番頭も頷《うなず》く。

「鍵はどこに置いてあるのだ？」

「私の部屋でございます」

「その部屋には奉公人は入らないのか」

「はい。家族だけでございます」

「家族は？」

「家内と息子でございます」

息子は安太郎《やすたろう》といい二十二歳だと言う。

「やはり、『ほたる火』でしょうか」

番頭が不安そうにきいた。

「『ほたる火』に決まっています」

主人が激しく言った。

「まだ、『ほたる火』とは言い切れぬ」

伊十郎は慎重に応えた。

『ほたる火』は女の盗賊である。

『ほたる火』は身が軽く、忍び返しのついた高い塀も難なく乗り越えて、錠前を簡単に破り、家人にまったく気づかれぬまま土蔵から数十両を盗んで行く。決して百両以上を盗むことはない。その大店《おおだな》にとっては痛くも痒《かゆ》くもない程度の金なので、盗まれたことに気づくまで時間がかかる場合もある。それだけやっかいな盗人《ぬすっと》だった。

女賊ということで人気が高まり、さらに浮世絵《うきよえ》にもなって、ますます江戸市民の評判になっていた。

幕閣からの早く捕らえろという催促が南北両奉行にあったからというわけではなく、伊十郎が『ほたる火』の探索にやっきになっているのは他に大きな理由があった。

そのことが、いま伊十郎を悩ませているのだ。

「親分」

塀のまわりを調べていた辰三の手下の貞吉《さだきち》がやって来た。

「どうも妙です。忍び込んだ場所がわかりません」

「わからない？」

「塀を乗り越えたような形跡がどこにもないんです。庭の内側にも足跡や草を踏んだような跡もありません」

「やはりな」

伊十郎は自分の想像が外れていないことを察した。

「旦那、どういうことで？」

辰三が訝《いぶか》しげな顔つきできいた。

「来てみろ」

「へい」

伊十郎は辰三を土蔵の扉まで連れて行った。主人と番頭が怪訝《けげん》そうに見ている。

「ここが、どうかしたんですかえ」

「錠前の鍵穴を見てみろ」

「鍵穴？」

「傷だ」

「あっ」

何かを思いだしたように、辰三はすぐ鍵穴に目をくっつけた。

しばらく覗《のぞ》いていたが、顔を離した。

「傷は見当たりません」

「そうだ。傷はない」

「どういうことなんですかえ」

『ほたる火』が侵入した土蔵の錠前の穴には、注意しないと見過ごしてしまいそうなこすれた跡がいつも残っている。逆に言えば、その傷で、『ほたる火』の仕業かどうかわかるのだ。

ただ、傷が簪《かんざし》か何かで錠を開ける際にこすって出来てしまったものだとしたら、今回は傷をつけずに開けることが出来たのかもしれない。しかし、これまでの例から、傷はかならずあった。

「『ほたる火』の仕業ではない」

伊十郎は言い切った。

「では、盗んだのは？」

「外から忍び込んだ形跡がないとしたら、内部の者の仕業だ。しかし、盗人が忍び込んだものとして、奉公人から話を聞くのだ」

「わかりました」

辰三は主人と番頭のところに戻り、

「一応、奉公人から話を聞いてみたいんですがねえ」

と、頼んだ。

「わかりました。大広間に集めます」

主人は応じてくれた。

ふと、伊十郎は庭の植込みの中からこっちを見ている若い男に気づいた。伊十郎が顔を向けると、あわててその場から離れて行った。

色白の華奢《きやしや》な体つきの若い男だ。二十二、三歳ぐらいだ。息子の安太郎に違いない。

伊十郎は主人に言った。

「すまないが、内儀《おかみ》さんや息子さんからも話が聞きたいので、いっしょに呼んでいただきたい」

「わかりました」

主人と番頭は母屋に向かった。

庭で待っていると声がかかり、伊十郎と辰三は大広間に向かった。

『和賀屋』は主人の家族と奉公人をいれても四十人ぐらいで、そこそこの規模の店だ。

奉公人三十人が集まった。いま手が離せないものが数人店のほうにいると、番頭が言った。内儀らしい女やさっき庭にいた安太郎と思われる若い男も来ていた。

皆の前に立って、伊十郎は口を開いた。

「土蔵の百両箱から三十両が盗まれた。盗まれたのは一昨日の夜から昨日の夜にかけて。いま、江戸を騒がせている『ほたる火』の仕業とも考えられなくはないが、どうも『ほたる火』とは別の盗人が忍び込んだ可能性がある。誰か、不審なひと影を見たり、怪しい物音に気づいたものはいないか」

安太郎の様子を気にしながら、伊十郎は一同を見回す。すると、ずっと下座のほうにいる女中らしい若い女に目が行った。

俯《うつむ》いていた顔をいきなり上げたり、首を横に振ったり、さらには顔や喉《のど》に手をやったりしている。落ち着きがない。

何か知っているなと、伊十郎は直感した。

「もし、何か気づいたことがあれば、なんでもいい。話してもらいたい。しばらく、ここにいるから遠慮せず来てくれ。以上だ。ごくろう」

伊十郎はあっさり終了を告げた。

主人が近寄って来た。

「ひとりずつ話を聞かなくて、よろしいのでしょうか」

「結構だ」

伊十郎は答えてから、

「あの女中の名は？」

と、きいた。ちょうど、その女中が立ち上がったところだった。

「おはなでございますが。何か」

鋭い目をくれた。

「少し話をききたい」

「えっ、おはなが何か」

「いや。たいしたことではない。あとでここに来るように言ってくれ」

「畏《かしこ》まりました」

主人はおはなのところに向かった。

奉公人の去った大広間に、伊十郎と辰三だけが残った。

「旦那。おはなって女中に何か」

「何かを知っているようだ。それより、倅《せがれ》だ」

「倅？　安太郎のことですかえ」

「そうだ。さっき、庭の植込みの中からこっちの様子を窺《うかが》っていた。大広間にいても、落ち着きがなかった」

「ほんとうですかえ。まさか」

安太郎が盗んだのかと、辰三は目を丸くした。

「うむ。その可能性がある。おはなが何かを知っているのかもしれない」

『ほたる火』と関係ないとわかり、伊十郎は急に興味が引いた。さっさと事件のけりをつけたかった。

百合《ゆり》のことに思いを馳《は》せた。百合は五百石取りの旗本、柳本為右衛門《やなぎもとためえもん》の娘である。年番方与力《ねんばんかたよりき》の高木文左衛門《たかぎぶんざえもん》から百合との縁談を持ち込まれたのだ。

最初は気が進まなかったが、百合をひと目見たときから伊十郎は逆上《のぼ》せ上がった。浮世絵の美人画など比べものにならない。

吉祥《きつしょう》天女か弁天さまの化身かと見紛《みまが》うほどの美しい女だ。伊十郎は百合を妻にすると決めてから、一切の女遊びを断った。

だが、この百合にはひとつ大きな問題があった。とにかくわがままで、自分勝手なのだ。伊十郎はいつも翻弄《ほんろう》されている。

それでも、その欠点を補って余りある美貌《びぼう》に、伊十郎は魂を奪われた。早く祝《しゅう》言《げん》を挙げたい、百合を我がものとしたいと望んでいるにも拘《かか》わらず、絶えず何らかの障碍《しょうがい》が出現し、いまだ結納《ゆいのう》を交わしていなかった。それもようやく片がつき、結納まであと一歩というところになって、新たな問題が生じたのだ。

それは……。

背後にひとの気配がして、伊十郎は現実に引き戻された。

おはなが遠慮がちにやって来た。

「おはな。ごくろうだった」

伊十郎は声をかけた。

おはなは俯いている。

「何か言いたいことがあるのではないか」

「いいえ」

おはなは激しく首を横に振った。

「そうか。じつは、さっき盗人が忍び込んだと言ったが、違うんだ。金を盗んだ者は内部にいる」

おはなはぴくっとした。

「ふとした出来心でやってしまったのだろう。早く見つけて諭《さと》してやらないと手遅れになる。へたをしたら死罪、軽くて遠島だ」

「ひぇえ」

おはなは喉にひっかかったような奇妙な声を上げた。

「もし、何かを見たりしていたら、正直に言うのだ。あとになればなるほど、言い逃れは出来なくなる」

「………」

「何か見たな」

「いえ、私は何も」

「言ったほうが本人のためなのだ。わかるか」

おはなはこくんと頷いた。

「では、話すのだ」

「………」

またもおはなは黙った。

「安太郎のことではないのか」

おはなは目をいっぱいに見開いた。

「私……」

おはなの体がぶるぶる震え出した。

「悪いようにはしない。ほんとうのことを言うんだ。おまえは、安太郎が土蔵に行くのを見たのではないのか」

　おはなは泣きそうな顔になった。

「どうした？　若旦那を裏切ることになると気が差しているのか」

「………」

「黙っていることのほうが安太郎のためにならぬ」

　伊十郎は不審を持った。こんなに苦しんでいるのはもっと他にわけがあるのかもしれないと思った。

　安太郎に好意を寄せているからかと思ったが、身分が違い過ぎる。

では、自分のことで何か言いづらいことがあるのか。そうか、と伊十郎は気づいた。安太郎が土蔵に向かうところを見ていたとしたら、おはなはどうして庭に出ていたのか。

「おはな」

　伊十郎はやさしく呼びかけた。

「おまえは、夜、何らかの用で庭に出ていた。そのとき、安太郎が土蔵に向かうのを見た。そうだな」

　おはなは首をすくめた。

「安太郎を見たと言ったら、庭に出ていた理由を言わなければならない。だから、言うか言うまいか悩んでいるのだな」

「はい」

おはなはやっと顔を上げた。

「男と忍び会っていたのか」

「…………」

「相手は誰だ？」

伊十郎はきいた。

「手代《てだい》の公太《こうた》さんです」

「いつも土蔵の近くで忍び会うのか」

「はい」

「詳しく話してみろ」

「きのうの夜、みなが寝静まった頃、私は部屋を脱《ぬ》けだし庭に出ました。土蔵の脇で、公太さんが待っていてくれました。しばらくして、足音がしてびっくりしました。そっと土蔵の陰から首を伸ばすと、若旦那が土蔵の錠を開けて中に入って行きました。出て行くまで、ふたりでじっとしていました」

「なるほど。で、安太郎は何しに土蔵に入ったと思ったのだ？」

「いえ、そこまで考えませんでした」

「だが、きょうになって三十両がなくなっていた。それで、安太郎の仕業ではないかと思ったのだな」

「はい」

真剣な顔で、おはなが訴えた。

「公太さんとのことが旦那さまにばれたら、ふたりともお店をやめさせられてしまいます。お願いです。どうか、内証にしてください」

「わかった。心配するな。しかし、いつまでも密会を知られずにすむまい。朋輩《ほうばい》にだって怪しまれよう。今後のことを考えたほうがいいな」

手代との仲は難しい問題だと、伊十郎は思った。

「よし、戻っていい」

「はい」

おはなは引き上げて行った。

「やはり、安太郎ですか」

辰三が呆《あき》れたように言う。

「だが、おはなのことはおおっぴらに出来ない。それに、それだけでは安太郎が盗んだとは決めつけられぬ。安太郎を問い詰めても、素直に喋《しゃべ》るかどうか。それより、盗んだ三十両の使い道だ。安太郎を尾行《つけ》てみるんだ。何か動きを見せるかもしれない」

「へい。わかりました」

「俺はこれから奉行所に行く。夕方、『おせん』で会おう」

「『おせん』で？」

辰三が目を輝かせた。

『おせん』は日本橋小網町《こあみちょう》二丁目の思案《しあん》橋の近くにある呑《の》み屋だ。そこの女将《おかみ》のおせんに辰三は満更《まんざら》でない気持ちを持っている。

「きっと安太郎の秘密を見つけてやります」

『おせん』で待ち合わせたことがうれしいのか、辰三は妙に張り切った。

「では、あとを頼んだ」

伊十郎は『和賀屋』を出た。

奉行所に向かい、浜町堀《はまちょうぼり》に差しかかったとき、向こうから武家の娘が女中を伴《ともな》って歩いて来るのをみた。

似ていたわけではないが、ふいに百合の顔が脳裏を掠《かす》めた。またも、あの疑惑が頭をもたげた。そんなはずはないと思いながら、浮世絵師鳥海英才《とりうみえいさい》の声が蘇《よみがえ》る。

英才はいま評判の『ほたる火』が女賊であることに絵心を駆られ、毎夜、町に出かけて『ほたる火』が現れるのを待ったのだ。その甲斐《かい》があって、『ほたる火』に遭遇した。

それで『ほたる火』を描き、その浮世絵は大評判をとった。その顔が音曲《おんぎょく》の師匠おふじに似ていたが、英才はたまたま料理屋で見かけたおふじの顔に似せただけだった。

その英才が伊十郎の屋敷にやって来たとき、偶然屋敷を訪ねていた百合が引き上げるところだった。百合を見た英才の態度が、今もって伊十郎を悩ませているのだ。

英才は門に向かった百合を見送りながら、『ほたる火』だと言ったのだ。美しい女を見れば、英才にはみな『ほたる火』に見えるのではないかと思いたかったが、百合に関して伊十郎にはある強烈な印象があった。

足元に転がって来た桶《おけ》を、百合はあっさりとよけたのだ。その軽い身のこなしが脳裏にこびりついている。

まさか、百合が……。そんなことはありえないと思いつつ、絵師としての英才の目を疑うわけにはいかないと思うのだ。

気がつくと、伊十郎は浜町堀に沿って大川のほうに向かっていた。この先の高《たか》砂町《さごちょう》に音曲の師匠おふじの家があるのだ。

覚えず、足早になっておふじの家にやって来た。

格子戸の前に立つと、三味線の音が聞こえてきた。

戸を開けて、奥に呼びかける。

女中のお光《みつ》が顔を出した。

「井原さま。いらっしゃいまし」

「稽古《けいこ》中らしいが、だいじょうぶか」

「ちょっときいてまいります」

お光が向かおうとすると、

「だいじょうぶだよ。お通しして」

というおふじの声がした。いまのやりとりが聞こえていたのだ。

「では、どうぞ」

改めて、お光が招じる。

「うむ」

腰から刀を外し、右手に持ち替えて上がり框《がまち》に足をかけた。

隣の部屋に行くと、おふじが三味線《しゃみせん》を脇に置いて待っていた。

「旦那。いらっしゃい」

「すまねえな。稽古の邪魔をして」

「いいえ、自分の稽古ですからなんとでもなります」

弟子が来るのは昼からだ。

「いつもながら、色っぽいな」

伊十郎は見とれた。きょうは扇模様の薄紫地の小紋が目に鮮やかだ。

「いやですよ」

おふじは軽く微笑《ほほえ》んでから、

「おや、旦那。なんだか、屈託がありそうな顔ですこと」

と、心配そうに顔を覗き込んだ。

「いや、そんなことはないが」

「いいえ、旦那の顔、憂《うれ》いに満ちてますよ。ひょっとして、また百合さまと何か？」

おふじの勘は鋭い。

「うむ。いや」

伊十郎は曖昧《あいまい》に顔を歪《ゆが》めた。

「旦那。水臭いですよ。私にはなんでも仰《おつしや》ってくださいな。私で出来ることなら、お力になりますよ」

「たいしたことではないんだが、いや、そうでもないな。考えすぎかもしれない」

伊十郎は煮え切らない返事をした。

「あら、大きな問題のようですね。いったい、何がおありですか」

「うむ」

「なんでも仰ってくださいな」

なかなか踏ん切りがつかなかったが、伊十郎は意を決して口にした。

「浮世絵師の鳥海英才を覚えていよう」

「ええ、とんだ迷惑をいたしました」

浮世絵に描いた『ほたる火』が評判を呼び、その絵の顔がおふじに似ているということで大騒ぎになったのである。

たまたま料理屋で見かけたおふじの顔に似せただけだと白状し、騒ぎは落着をみた。

「じつは、その英才が今度はとんでもないことを言い出したのだ」

「とんでもないこと？」

「百合どのを見て『ほたる火』だと言い出したのだ」

「まあ」

おふじが顔色を変えた。

「英才のことだ。美しい女を見れば、誰もが『ほたる火』に見えてしまうのかもしれない。だが、気になることがもうひとつある」

転がって来た桶を百合が身軽によけたことを話した。

「………」

「おふじ、どうした？」

考え込んでしまったおふじに伊十郎は声をかけた。珍しいことがあるものだ。

「ああ、ごめんなさい。あまりのことに呆れてしまって」

おふじは言い繕《つくろ》うように言ってから、

「英才さんはほんとうに困ったお方ですわ。私を『ほたる火』に仕立てて、それが嘘《うそ》だとわかると、今度は百合さまを」

おふじは苦笑して大きくため息をついた。

「だが、絵師の目というのもなかなかあなどれぬものがあるのでな。浮世絵の『ほたる火』も、顔はともかく後ろ姿はそっくりなのだ」

一度出会った『ほたる火』の後ろ姿を、伊十郎ははっきり覚えている。

「でも、似たような姿の女のひとはいくらでもおりましょう。それに、百合さまはお武家の娘。武芸の嗜《たしな》みがあってもおかしくはありませんよ」

おふじは百合が『ほたる火』ということはあり得ないと言い切った。

「だって、武家の娘が盗人の真似《まね》をする必要はまったくありませんよ」

「そのとおりだ」

そんなことをする理由はない。わかっている。わかっているが……。

「旦那は百合さまのことになると冷静さを失ってしまうようですね。落ち着いて考えれば、百合さまが『ほたる火』だなんて考えられないことはすぐわかるじゃありませんか」

「うん。面目無い」

伊十郎は苦笑した。

「旦那。お昼、ごいっしょにどうですか。おむすびにお新香《しんこ》だけですけど」

「そうだな。馳走《ちそう》になるか」

安心したせいか、急に空腹を覚えた。

「お光、旦那のぶんも支度して」

「はい。しています」

お光は明るい声で答えた。

英才め、今度会ったら、いい加減なことを言うなと注意をしておこう。伊十郎はそう思いながら、おふじの顔を見ておやっと思った。

またも、おふじは何か考えごとをしているようだ。珍しいことがあるものだ。

声をかけようとする前に、おふじが伊十郎の視線に気づいた。

あわてて、笑みを浮かべたが、そんなおふじが伊十郎は気になった。

二

おふじの家を出てからも、伊十郎はおふじの様子が気になった。握り飯をたべているときは、いつものおふじに戻っていたが、英才の話をしたときから、おふじの様子がおかしかった。

何が、おふじを動揺させたのか。ほんとうは、英才の話を信じたのではないのか。またも、伊十郎は心に迷いが生じた。

口では、英才さんはほんとうに困ったお方ですわと言ったが、ほんとうは絵師という人間の目を信じているのかもしれない。

だとしたら、おふじも百合が『ほたる火』だと……。冗談ではない、伊十郎は覚えず声を上げた。

すれ違った職人がびくっとして振り返った。

「なんでもない」

あわてて、伊十郎は片手を上げて謝る。

伊十郎は浜町堀を渡った。

そして、浅草御門に向かった。英才に会って、もう一度確かめるのだ。そうしないと落ち着かない。我ながら、情けないと思うが、こればかりはいかんともしがたい。

浅草御門をくぐり、蔵前通りを浅草に向かう。英才の住まいは浅草の田原町《たわらまち》で、東本願寺の裏門の近くの二階家だった。

英才の家に辿《たど》り着いた。戸を勢いよく開ける。

住み込みの婆さんが出て来た。

「英才はいるか」

ときたま、英才は絵筆を持ってぶらりと旅に出てしまう。

「はい。二階におります」

「上がらせてもらう」

伊十郎は勝手に梯子《はしご》段に向かった。

二階に上がると、下書きの絵が六畳間に散らかっていて、その中で英才は畳の上に這いつくばるようにして絵筆を動かしていた。

「英才」

伊十郎が呼びかけても、英才の背を丸めた姿勢は変わらない。

「英才。聞こえたか」

伊十郎は一段と大きな声を出した。

だが、まるで聞こえないようだ。近づいて英才の耳を見ると、栓がしてあった。

伊十郎は強引にその栓を引っこ抜いた。

「あっ、何を」

と、英才が喚《わめ》いた。

「井原さま」

あわてて、いま描いていた下絵を隠した。

「英才。まさか、『ほたる火』を描いているんじゃないだろうな」

「とんでもない。違います」

「それを見せろ」

「いえ、これは」

「いいから見せるんだ」

「は、はい」

渋々、英才は下絵を差し出した。

「これは」

百合に似た女が振り向いている姿が描かれている。

「なんだ、これは？」

百合に似ている。

「これは百合どのではないのか」

「いえ」

英才はしどろもどろだ。

「英才。この前、我が屋敷で百合どのを見て、『ほたる火』だと言ったな。あれはどういう意味だ？　作り話ではないのか」

「いえ、作り話じゃありません。ほんとうに、あのお方を見たんです」

「だが、おまえは音曲の師匠おふじを『ほたる火』に見立てたではないか」

「あれは……」

英才は言いよどむ。

「つまり、おまえはおふじを見たとき、『ほたる火』だと思った。だから、画にした。どうなんだ？」

「はい」

「そして、今度は百合どのを見て、『ほたる火』だと思った」

「でも、今度はほんとうです」

「次にまた、別の美しい女を見れば、同じように『ほたる火』だと思うんじゃないのか」

「そんなことは……」

英才の声は自信なさそうに消えて行った。

「わかりました。また、『ほたる火』を探します」

「一度は偶然に出会ったが、二度は無理だ」

「いえ、私には強運があります。必ず、もう一度、『ほたる火』を見ます」

英才は意気込んだ。

「勝手にしろ。だが、あやふやなことを言いふらすんじゃない。わかったな」

「へい、わかっています」

「よし」

伊十郎は立ち上がった。

「邪魔したな」

「あっ、井原さま」

英才が呼び止めた。

「あの百合さまは井原さまとはどのような？」

「それがどうした？」

「へえ、出来ましたら画を描かせてもらいたいと」

「おふじに断られたら、今度は百合どのか」

「どうかお願い出来ませんでしょうか」

「だめだ。いいか、百合どのは旗本の娘御だ。あまり、しつこいと無礼討ちにされるかもしれん」

「無礼討ち？」

英才は飛び上がらんばかりに驚いた。

十分に威《おど》してから、伊十郎は梯子段を下りた。

英才の家を出てから、来た道を戻る。

やはり、英才は思い込みが過ぎるのかもしれない。そうだ、そうに違いないと、自分に言い聞かせた。

夕方、伊十郎は奉行所を出た。小者《こもの》の松助《まつすけ》が挟《はさ》み箱《ばこ》を担いでついて来る。

楓《もみじ》川沿いを行き、本材木町《ほんざいもくちょう》一丁目に差しかかってから、伊十郎は松助に声をかけた。

「これから『おせん』で辰三と待ち合わせる。おまえは荷物を置いてから来い」

「へえ、いいんですかえ」

「だめだと言っても行くと顔に書いてある」

「へえ」

松助は舌を出してから、

「じゃあ、急いで向かいますから」

と、駆け足になって海賊《かいぞく》橋を渡り、八丁堀に向かった。

伊十郎はそのまままっすぐ江戸橋を渡った。薄暗くなった通りを道具を担いだ大工が長屋木戸に消えていく。女たちが惣菜《そうざい》を買いに走る。出前持ちが駆け足で横切った。夕暮れのあわただしい時間だ。

思案橋を渡る。『おせん』の軒下の提灯《ちょうちん》に明かりが灯《とも》っていた。暖簾《のれん》をくぐると、女将のおせんがにっこりと笑って迎えた。

「まあ、旦那。お久し振りです」

細身で、うりざね顔に潤んだ目が頼りなげな風情である。二十五歳。華奢な体つきは一見病的な感じを与えるが、そこがまた色っぽい雰囲気を醸《かも》しだしている。

「辰三はまだか」

伊十郎はいつもの小上《こあ》がりの席に向かった。

「旦那。いらっしゃいませ」

あぐらをかいて落ち着くと、おせんが改めて挨拶《あいさつ》をする。

「なかなか繁盛《はんじょう》しているようだな」

すでに、職人らしいふたりと商人らしい男が酒を呑んでいた。

「おかげさまでなんとか」

「女将目当ての客も多いだろうな」

「そんなこと、ございませんよ」

「酒をもらおうか。熱燗《あつかん》でな」

「はい」

おせんが下がってから、またも伊十郎の脳裏を百合の姿が掠めた。あわてて、首を横に振った。

百合が『ほたる火』であるはずはない。さっきそう結論づけたはずなのに、どうして再び思い悩むのか。

まだ心のどこかで不審がくすぶっているのか。その原因は英才の浮世絵だ。

英才が描いた『ほたる火』の後ろ姿は、伊十郎が目撃したほんものの『ほたる火』とそっくりだった。だから、英才が『ほたる火』を見たことは間違いない。

だとしたら……。

「旦那。さあ、おひとつ」

おせんが酒を運んで来た。

「うむ。すまない」

伊十郎は猪口《ちょこ》を差し出す。

「旦那。どうかなさいましたか」

「なぜだ？」

「いま、とても苦しそうな顔をしていました。何か、屈託でもおありなのでは？」

おふじと同じことを言った。

「いや。そんなことはない。ちと疲れているだけだ」

「まあ、お体を大事にしてくださいな」

「ああ」

どうやら、俺はすぐ顔に気持ちが出てしまうようだ。気をつけよう、自分を戒《いまし》めたとき、戸口にひと影が差した。

松助だった。息が弾んでいるのは、相当急いで来たのだろう。

「ずいぶん早かったな」

「ええ、駆けて来ました。辰三親分はまだですか」

向かいに腰を下ろして言う。

「まだだ。まあ、呑め」

「へい」

松助は舌なめずりして猪口を摑《つか》んだ。

安太郎が動いたのかもしれない。

「松助さん、いらっしゃい」

おせんがやって来ると、松助は鼻の下を伸ばした。

ふたり、続いて三人連れと客がやって来て、だんだん立て込んで来た。そとはすっかり暗くなっていた。

「遅いな」

伊十郎は眉根《まゆね》を寄せた。安太郎のあとをつけているのだろうか。安太郎に不審なところがあったのか。

戸が乱暴に開いて、貞吉が飛び込んで来た。

「旦那。親分がすぐ来て欲しいとのことです」

伊十郎は猪口の酒を呷《あお》ってから立ち上がった。

「よし。案内しろ」

松助も渋々立ち上がった。

「松助。おめえは適当に呑んで先に引き上げろ。勘定はこれで払っておけ」

伊十郎は銭を置いて戸口に向かった。

『おせん』を飛び出し、永代橋《えいたいばし》を渡り、貞吉の案内で佐賀町《さがちょう》の裏店《うらだな》にやって来た。

路地を奥に入った稲荷《いなり》の祠《ほこら》の横に辰三が張っていた。裏手はすぐ大川だ。

「辰三。ごくろう」

「旦那。安太郎がふたつ目の住まいに入って行きました。裏口からみたら、人相のよくない男がいます。なんだか、安太郎の奴、怯《おび》えてました」

長屋は六畳一間だが、裏庭がある。

「三十両を持って来たのかもしれぬな」

伊十郎は想像した。

「威されていたんでしょうか」

「その可能性もある。よし、行ってみよう。貞吉は裏を見張っているんだ」

「へい」

伊十郎と辰三はふたつ目の住まいに向かった。

腰高障子の前に立ち、辰三が戸に手をかけた。戸は軋《きし》んで開いた。

「邪魔するぜ」

辰三は土間に入った。

畳をする足音がして、豊満な体の年増《としま》が現れた。唇の紅《べに》が毒々しい。

「なんですね。おまえさんたち」

「北町の旦那と手札をもらっている者だ。ここに『和賀屋』の安太郎がいるな。ちょっと出してもらおうか」

「安太郎なんていませんよ」

「隠すのか」

「隠したりなんかしちゃいませんよ。ごらんのとおりの六畳ひと間。いないことはわかるじゃありませんか」

「おめえの名は？」

「おようですよ」

「おようか。隠さず、正直に言うんだ」

「そんな無茶を言われても」

伊十郎は聞き耳を立てた。呻《うめ》き声が聞こえたような気がしたのだ。

「調べさせてもらう」

伊十郎は勝手に上がり框に足をかけた。

「なにをなさるんですか」

おようがしがみついてきた。

「おまえの話がほんとうかどうか確かめるだけだ」

おようを押し返し、伊十郎は濡縁《ぬれえん》に出た。濡縁の突き当たりに、安太郎が青い顔で立っており、その後ろに、頬骨《ほおぼね》の突き出た目付きの鋭い男が立っていた。狂気を秘めたような顔をしている。

「安太郎。そんなところで何をしているんだ」

伊十郎は声をかけた。

「いえ」

安太郎の顔色は紙のように真っ白だ。血の気《け》が失《う》せているわけは想像がついた。うしろにいる男の右手は安太郎の背中に隠れている。その手に匕首《あいくち》が握られているのに違いない。伊十郎は気づかぬ振りをした。

「安太郎を引き渡してもらいたい」

だが、男は押し黙ったままだ。

「聞こえなかったのか。安太郎に盗みの疑いがかかっているんだ。安太郎、来るんだ」

そう言い、伊十郎は部屋に戻った。

「およう。なぜ、安太郎がいないと言ったんだ?」

「すみませんねえ。安太郎さんをついかばいたくなったんですよ」

　およuはしらじらしく言う。

「ほう、かばいたくなったとは、安太郎が何をしたのか知っているのか」

「なんとなく」

　ようは曖昧《あいまい》に言う。

「安太郎、何をしているんだ」

　伊十郎は大声で言ってから、およuに向かって、

「安太郎を連れて来てくれ」

　と、頼んだ。

　およuが濡縁に向かいかけたとき、安太郎が障子の陰から現れた。やはり、男がぴったりとついている。頬骨が突き出て、顎《あご》が尖《とが》っている。きつね目の鋭い顔つきの男だ。二十七、八歳ぐらいか。

　伊十郎はわざと庭に顔を向けて、

「よし、かかれ」

　と、叫んだ。

　男は驚愕《きょうがく》した目で庭を振り返った。その隙《すき》をついて、伊十郎は男に飛び掛かった。あっと、男が悲鳴を上げた。

伊十郎は男を突き飛ばした。男はよろけた。が、すぐに体勢を立て直して向かって来た。伊十郎は軽く身をかわして、男の手首を摑んでひねり上げた。

「痛《い》てえ」

男は叫び、匕首を落とした。

「やっぱり、安太郎を威していたのか」

伊十郎は男を部屋の中に突き飛ばした。男はよろけて倒れ込んだ。おようが青ざめた顔で見ている。

「事情を話してもらおうか」

伊十郎は拾った匕首を男の喉元に突き付けた。

「なんのことだ？」

男はしらを切った。

「なぜ、安太郎に匕首を突き付けていたのか、そのわけだ」

「わけなんかねえ」

「わけもなく、あんな真似をしたのか」

伊十郎は匕首を突き付けたまま、

「安太郎。何があったのか言うんだ」

「なにも……」

安太郎は震えながら答えた。

「では、この者たちとどういう関係だ？」

「それは……」

「言うんだ。言わないと、番屋できくことになる。いいのか」

「おう、安太郎。『和賀屋』の土蔵から三十両を盗んだ疑いがおめえにかかっているんだ。正直に言わねえと困ったことになるぜ」

辰三が威した。

安太郎は顔面を蒼白にしている。

「安太郎。おめえが縄付きになったら『和賀屋』はどうなると思っているのだ？」

「私は……」

安太郎は肩を落とした。

「言えないのか。ならば、こっちのふたりにきこう」

おようはつんとしている。

「おまえの名は？」

伊十郎は男にきいた。

「六蔵《ろくぞう》だ」

「六蔵。おまえとおようはどういう関係だ？」

「俺の女だ」

「安太郎とはどういう関係だ？」

「ただの知り合いですぜ」

「知り合いだと？　ただの知り合いがどうしてこんなに震えているんだ？」

「………」

「およう。どうなんだ？」

伊十郎はおように顔を向けた。

「言いますよ。じつは、安太郎さんとちょっと火遊びをしたんですよ。それを六蔵に見つかって」

「なるほど。それで、安太郎は威されたのか。安太郎。どうなんだ？」

「はい。深川八幡《ふかがわはちまん》さまの帰りにおようさんと知り合い、つい」

「ふたりでいちゃついているところに、六蔵が現れたというわけだな」

「はい」

「それで金を揺すられたというわけか。美人局《つつもたせ》か」

「とんでもない。俺は女を寝取られたんだ。これが武士なら、重ねて置いて四つにするところだ。でも、そんな殺生《せっしょう》はしたくねえ。だから、金で解決しようとしただけだ。揺すったわけじゃありませんぜ」

「最初から、安太郎をはめるつもりではなかったのか」

「違いますよ」

六蔵は強い口調で言い返した。

「いくら、出せと言ったのだ？」

「三十両です」

「安太郎。間違いないか」

「はい」

「密通の内済《ないさい》金としては世間の相場からして高いな。せいぜい、十両がいいところだ」

「『和賀屋』はお大尽《だいじん》ですからね」

六蔵はずうずうしく言う。

「で、その金を届けに来たのか」

「それがお店で大騒ぎになったので怖くなって……」

安太郎は言葉を切ってから、

「お金を持たないでここに来ました。謝って許してもらおうと思って」

「だが、六蔵が逆上したってわけか」

「はい」

「六蔵。どうなんだ?」

「俺の女に手をだしやがったんだ。金で解決するのは当然じゃねえか」

「おまえが、安太郎に三十両を盗むように命じたのか。安太郎は命じられるままに、『和賀屋』の土蔵から金を盗んだ。そういうことだな」

伊十郎は鋭い声できいた。

「違いますぜ。俺はただ三十両で手を打つと言っただけだ」

おようがいきなり畳に手をついた。

「旦那。どうぞ、堪忍してやってくださいな。このひとによく言い聞かせますから」

「いいか、六蔵、美人局の疑いだってあるんだ。三十両ではなく、世間並みの額で納得するんだな」

「それじゃ割りが合わねえ」

不貞腐《ふてくさ》れたように、六蔵は横を向いた。

「そうか。仕方ない。辰三、縄を打て。美人局の疑いで大番屋に連れて行く」

「へい」

辰三が縄を取り出したとき、いきなり六蔵が叫んだ。

「待ってくれ。わかった。世間並みでいい」

「余罪があるんじゃねえのか」

辰三が顔を近づけてきくと、六蔵は大きくかぶりを振った。

「ありませんよ。ほんとうだ。信じてください」

「六蔵。もう、二度と安太郎に金をせびるな」

伊十郎は改めて言い聞かせた。

「へい。決してしません」

「安太郎。おまえが密通をしたなら内済金を払ってけりをつけろ。それから、これに懲りたら、遊びもほどほどにしろ」

「はい。わかりました」

「旦那。いいんですかえ。美人局だったかもしれませんぜ。それに余罪があるかもしれませんぜ」

辰三が不満そうに言う。

「美人局じゃありませんよ」

おようが訴えた。

「まあ、いい。余罪を追及して困る人間も出て来よう」

「へい」

辰三は素直に頷いた。

伊十郎は、早く『ほたる火』の探索に専念したいのだ。いまの伊十郎の関心事はそのことしかなかった。

「安太郎。おまえには用がある。いっしょに来い」

「はい」

伊十郎は安太郎を伴いおようの家を出た。

長屋の連中が路地に飛び出して来ていた。

「驚かせてすまない。なんでもない」

辰三が長屋の連中に言う。

木戸口に年配の男が立っていた。

「大家の八兵衛《はちべえ》でございます。いったい何が？」

「ちょっとした行き違いから喧嘩《けんか》になったが、もう済んだ。心配ない」

伊十郎は大家に弁解をした。

木戸を出てから、

「安太郎。金はどこにある？」

と、伊十郎はきいた。

「私の部屋に隠してあります」

「では、帰って自分の父親に正直に言って返すんだ。そして、十両は内済金として六蔵に払うんだ」

「はい。わかりました」

そう答えてから、安太郎は続けた。

「あの、土蔵から金を盗んだ件は？」

「父親にすべてを話すということで不問にする」

「えっ？　許していただけるんですか」

安太郎は上目づかいに伊十郎を見た。

「うむ。必ず、正直に父親に話すことが条件だ」

「はい。ありがとうございます」

永代橋を渡ってから、小網町二丁目の鎧河岸《よろいがし》を通り、思案橋に近づいた。『おせん』の軒下提灯は火が消え、暖簾も片づいていた。

思案橋の袂《たもと》で、安太郎と別れた。金を渡そうとしなかった安太郎を信じたのだ。いや、この件は早く片づけ、『ほたる火』の探索にかかりたいのが本音だ。

百合が『ほたる火』だとは考えられない。そう思ってはいても、浮世絵師英才の言葉が耳朶《じだ》に焼きついているのだ。

伊十郎はなんだかんだと言っても、英才の目の確かさを認めている。だから、悩んでいるのだ。

かつて、おふじが『ほたる火』ではないかと疑ったことがあった。だが、百合の場合の重大さはその比ではない。なにしろ、百合は伊十郎の妻になる女なのだ。もし、嫁に迎えたあとに百合が『ほたる火』だとわかったら……。そこまで考えて、ぞっとした。

百合のことを考えながら思案橋に差しかかった。

「辰三。『おせん』は残念だったな」

「へい。仕方ありません」

辰三は残念そうに呟き、ふと寒そうに体をすくめた。夜が更《ふ》けて体が冷えて来た。

そのとき、背後で呼ぶ声がした。

「旦那」

振り向くと、おせんだった。

「よかったら、寄っていきませんか」

大声で叫ぶ。

「いいのか」

辰三が表情を崩した。

「どうぞ」

「よし、では少しだけ休んで行くか」

伊十郎が言うと、辰三は弾むように戻って行った。俺も百合のことになると、あのようになるのかと、伊十郎は苦笑するしかなかった。

三

ふつか後の朝早く、朝餉《あさげ》を取り終えて髪結《かみゆ》いを待っていると、半太郎《はんたろう》が来客を告げた。

「『和賀屋』の主人です」

「なに、和賀屋が?」

安太郎の告白を受けてやって来たものと思える。

ゆうべから『ほたる火』を求めて夜回りをはじめた。よほどの僥倖《ぎょうこう》に恵まれなければ、『ほたる火』に出会うことはないが、じっとしていられないのだ。

『ほたる火』への思いを振り切り、伊十郎は玄関横の客間に向かった。

和賀屋は大きな体をふたつに折って伊十郎を迎えた。

「わざわざごくろうだな」

「恐れ入ります。じつは、先日の件でございますが」

「うむ」

和賀屋はいきなり本題に入った。

「私の勘違いでございました」

「勘違い?」

伊十郎は耳を疑った。

「何の話だ?」

三十両が盗まれた件ではなかったのかと、伊十郎はきき返した。

「お騒がせして、まったく面目ございません。てっきり盗まれたと早合点してしまいましたが、私の勘違いで、三日前の昼間、支払いのために三十両を使ったのをすっかり忘れていました」

「和賀屋、一昨日、安太郎から告白を受けたのではないか」

「ええ。しかし、安太郎も何か勘違いしていたようです」

伊十郎は和賀屋の顔を見つめた。

「和賀屋。いったい、どうしたと言うのだ?」

「何がでございますか」

「安太郎をかばっているのか」

「どういうことでございますか」

「安太郎は他人の女に手を出し、相手の間夫《まぶ》から三十両を要求されていた。それで、土蔵から金を盗んだと白状したのだ。一昨日、そのことを、そなたにすべて打ち明けるように諭して帰したのだ」

「井原さま。失礼でございますが、何かのお間違いではございませんか。安太郎に限って悪い女に引っかかるようなことはありません」

和賀屋が冷静に答えた。

「ほんきで言っているのか。それとも、安太郎をかばいたいのか。『和賀屋』の体面を保つために、そのように言わざるを得ないのか」

「井原さま。私の手違いにてお騒がせいたしましたこと、まことにすまないことをしたと思います。どうぞ、この件はこれにして」

そう言い、和賀屋は懐紙に包んだものを差し出した。

「なんだ、これは？」

「お騒がせしたお詫《わ》びの印でございます」

「そのようなものをもらうわけにはいかぬ」

伊十郎は押し返した。手の感触から十両はありそうだった。

和賀屋が帰り、髪結いに髪と髭《ひげ》を当たってもらいながら、伊十郎は和賀屋の態度が一変したわけを考えた。

和賀屋ほどの男が金を使ったことを忘れていたとは思えない。思うに、安太郎から告白を受けた和賀屋は、安太郎の醜聞が広まるのを恐れていまのような言い訳を思いついたのではないか。

あるいは、安太郎が三十両を盗んだ事実をなくしたいためかもしれない。

髪結いがいろいろ話しかけていたが、伊十郎は生返事をくり返していたので、いつしか声が止《や》んでいた。

髪結いが引き上げたあと、ようやく辰三がやって来た。

「辰三。さっき和賀屋がやって来た。例の件は勘違いだったと言い出した」

「えっ?」

辰三は目を丸くした。

和賀屋の話をすると、辰三の顔に朱が差した。

「安太郎に罪をかぶせたくない親心かもしれぬが、何か腑《ふ》に落ちぬ」

「ちくしょう。こっちの温情をなんだと思ってやんでえ。旦那、こうなったら、六蔵とおようをとっ捕まえて口を割らせましょうか」

「まず、安太郎を問いただすのだ。一刻（二時間）後に、豊島町の自身番で落ち合おう」

「へい。じゃあ、あっしはさっそく」

辰三は貞吉と共に庭を出て行った。

伊十郎は挟み箱を背負った小者の松助を伴い、奉行所に向かった。

楓川を新場《しんば》橋で渡り、そのまままっすぐ日本橋の通りを突き抜け、お濠端《ほりばた》に出る。

呉服橋を渡って見附《みつけ》門を潜《くぐ》ると、左手に北町奉行所の白い壁と渋い黒の板張りが調和のとれた長屋門が現れる。

伊十郎と松助は奉行所に入った。

門番所の後ろが同心詰所である。

坂崎矢兵衛《さかざきやへえ》と稲毛伝次郎《いなげでんじろう》が茶を呑んで世間話をしていた。同心詰所に張り詰めた空気はない。最近、大きな事件もなく、かなりのんびりしている。

ふと、思いついて、伊十郎はふたりにきいた。

「最近、美人局の被害にあった者はおりませんか」

坂崎矢兵衛は深川、本所方面を、稲毛伝次郎は芝のほうを受け持っている。

「美人局？　いや、聞かぬな」

坂崎矢兵衛が答える。

「俺のほうもない。何かあったのか」

稲毛伝次郎がきいた。

「いえ、ただ、そんな噂《うわさ》を耳にしたので確かめただけです」

牛込《うしごめ》や内藤新宿《ないとうしんじゆく》、雑司《ぞうし》ヶ谷《や》のほうを受け持っている同心はまだ出仕していなかった。

「それはそうと、その後、妻を娶《めと》る話はどうなったのだ？」

坂崎矢兵衛がにやつきながらきいた。四十二歳の気障《きざ》な男だ。ひとはいいのだが、気配りもなくずけずけものを言うので、ときには閉口することがある。

「はあ、おいおいと」

「出戻りだが、たいそう美しい女らしいな。うらやましい」

「はあ」

「一度、お顔を拝みたいものだ。なあ」

稲毛伝次郎に同意を求めた。

「はあ、いずれ。では、私は町廻りに」

伊十郎は逃げるように詰所を出た。

いままで使っていた岡っ引きの佐平次《さへいじ》のおかげでいつも手柄を立てていたので、朋輩たちは伊十郎に一目《いちもく》置いている。だが、六人いる定町廻り同心の中で一番若いので、伊十郎は年上の同心たちに頭が上がらない。

とくに、坂崎矢兵衛は伊十郎をいじるのが好きなようだった。

伊十郎は奉行所から豊島町一丁目にやって来た。

自身番に向かいかけると、向こうから辰三と貞吉がやって来るのに出会った。

伊十郎に気づくと、辰三は駆け足で近づいた。

「旦那。安太郎は家から出て来ません。出て来るのを待っていたんですが、こうなったら踏み込みますか」

「よし。正面から当たってみよう」

「へい」

伊十郎は『和賀屋』に向かった。

家人の出入口から訪れ、出て来た女中に安太郎を呼んでもらうように頼んだ。密会していた女中とは別人だ。

「少々、お待ちください」

女中は奥に引っ込んだ。

だが、なかなか戻って来なかった。安太郎がぐずっているのか、それとも父親が何か企《たくら》んでいるのか。

もう一度、辰三が呼びかけようとしたとき、安太郎がやって来た。

「すみません。外でお願い出来ますか」

「いいだろう」

辰三は応じた。

結局、柳原《やなぎわら》の土手に上がった。弱い陽光が神田川の川面《かわも》を照らしている。柳も葉を落とし、草木も枯れている。冷たそうな川の水をかき分け、荷を積んだ船が通る。

「安太郎。和賀屋安右衛門と何があったか話すのだ」

伊十郎は鋭い声をだした。

「申し訳ございません。嘘をついてました」

「嘘？　何をだ？」

「ほんとうは、およういう女と契《ちぎ》っていたのは私ではなくおとっつあんなんです」

「なに、和賀屋が？」

伊十郎は疑い深く安太郎の顔を見た。

「はい。六蔵さんは、おとっつあんに威しがきかないので、私を威しにかかったのです。世間に父親の恥を広めたくなければ、代わりに金を出せと言いました」

「なぜ、威しがきかないのだ？」

「おとっつあんは気性の荒いひとですから、おようさんといっしょのところに現れた六蔵さんにこう言ったそうです。そんな威しに負けるような俺ではない。美人局に遭ったと訴えてやると。それで、六蔵さんは私に」

「なぜ、おまえが父親の尻拭《しりぬぐ》いをしなければならなかったのだ？」

「おとっつあんは平気でも、私は困ります。許嫁《いいなずけ》の手前」

「許嫁がいるのか」

「ええ。六蔵さんは、おまえの父親は俺の女を寝取ったと許嫁に訴えると言いました。許嫁に私がおとっつあんのような男に思われたくないので」

「それで、土蔵から三十両を盗んだのか」

「はい」

「しかし、なぜ一昨夜、六蔵のところに金を持っていかなかったのだ？」

「それが……」

安太郎は言いよどんだ。

「どうした？」

「部屋に隠しておいたお金がなくなっていたのです」

「なくなっていた?」

「はい。それで、仕方なく金を持たずに行きました。そしたら、六蔵さんが怒って……」

匕首を突き付けて威したと、安太郎は言った。

「なぜ、金がなくなっていたのだ?」

「おとっつあんが気がついて取り返したのだと思います」

ひょっとして、女中のおはなからきき出したのかもしれない。

「おとっつあんはあとは俺に任せろと言っただけでした。それで、すべておとっつあんに任せることにしました」

伊十郎はこの話をどこまで信じていいか判断に迷った。

いくつか確かめてから、安太郎を帰した。

「旦那。なんか腑に落ちません」

辰三は疑問を口にした。

「だって、密通していたのが和賀屋なのに、倅を威すなんて」

安太郎は好きな女の手前、金で解決しようとしたと言った。もし、好きな女がいなかったら、威しに屈しなかったろう。なにしろ、安太郎には無関係なことなのだから。

好きな女がいることを知っていて、六蔵は安太郎を威したのだろうか。

「六蔵とおように裏をとるのだ」

「へい」

伊十郎たちは深川に向かった。


佐賀町の裏長屋にやって来た。おようの家だ。

辰三が腰高障子を開けた。

おようが出て来た。伊十郎と辰三の顔を見て苦笑したように口許《くちもと》を歪《ゆが》めた。

「何か、御用ですか」

少し、気だるそうにおようは口を開いた。

「六蔵はどうした?」

伊十郎は奥の様子を窺った。

「出かけていますけど」

「密通した相手は安太郎だということだったな」

「ええ」

「それはほんとうか」

「どういうことですか」

おようが逆にきいた。

「おまえの相手は別の人間ではないのか」

「もう、すんだことではないんですか」

「そうだ。罪に問うようなことはしない。ただ、ほんとうのことを知っておきたいだけだ。どうなのだ？」

「ええ、安太郎ではありません。『和賀屋』の旦那ですよ」

おようの話は安太郎の話と食い違いはなかった。

「それなのに、なぜ、六蔵は安太郎を威したのだ？」

「私と旦那がいるところに六蔵が現れたんですけどね、あの旦那、まったく動じないんですよ。美人局だと難癖をつけて、自身番に訴えると騒いでね。六蔵も腹の虫が治まらないから、息子を威そうと言ったんですよ」

「おやじの代わりに倅を威して効き目があると思ったのか」

「倅に許嫁がいると、旦那が言っていたんです。倅の許嫁に、安太郎の父親は俺の女を寝取ったと言いつけると威したんです。そしたら、三十両出すという話でまとまったんですよ。でも、安太郎はお金を持ってこなかった」

「なぜ、一昨日はそのことを言わなかったのだ?」

「どっちにしろ、金はとれないんだし、わざわざ訂正する必要もないと思ったんですよ」

少し不自然な気がしないではないが、一応の道理は通っている。

「わかった。邪魔したな」

伊十郎は土間を出た。

外に出てから、

「『ほたる火』から出発してとんだ幕切れでしたぜ」

と、辰三はぼやいた。

「それにしても、和賀屋がいけねえ。女と関わったのは自分だと正直に言ってくれたらよかったのに、なぜ隠しているんですかねえ」

「わからねえが、とんだ草臥《くたびれ》儲《もう》けだ」

伊十郎もぼやいてから、

「まあ、いい。これで、この件を幕にし、また『ほたる火』の探索にとりかかろう」

と、気持ちを切り換えた。

その日の夕方、伊十郎はいったん屋敷に帰った。夜、再び『ほたる火』の探索に町中に出る予定だった。

屋敷に帰ると、若党の半太郎が飛び出して来て、

「お客さまがお待ちです」

と、声をひそめて言った。

一瞬、百合かと思ったが、それにしては半太郎の様子が違う。

「誰だ？」

伊十郎も声をひそめた。

「百合さまのところのお女中でございます」

「なに、百合どのの」

伊十郎は客間に急いだ。

襖《ふすま》を開けると、何度か会ったことのある女が待っていた。膝の前に湯呑みがあった。茶がなくなっているところをみると、だいぶ待っていたのかもしれない。

「突然、お邪魔して申し訳ございません」

表情を変えずに言い、女中は頭を下げた。

「いえ」

向かいに座って、

「百合どのに何か」

と、伊十郎は挨拶もせずにきいた。

いつもなら、何の前触れもなく不意に現れるのに、わざわざ女中を使いに寄越したことが気になった。

「百合さまはお元気です」

「そうですか。では、使いの向きは？」

まさか、しばらく会うことは出来ないとでも言いに来たのか。どうも、百合のことでは悪いほうへと考えてしまう。

「じつは、明日の夜、百合さまはこちらで夕餉をいただきたいと仰っておいでです。都合をきいてくるように言われました」

「この屋敷で夕餉を？」

伊十郎は耳を疑った。

「はい。今度はぜひゆっくりしたいとのこと」

「ほんとうですか」

伊十郎は胸が躍った。

「辰三さまたちもごいっしょにとのことです」

いつもは急に来て、さっと引き上げてしまう。そのことが不満だったが、ついに百合は我が家で夕餉をとるという。

「いかがでしょうか」

女中が確かめる。

「もちろん、願ってもないこと。お待ちしています」

「そうですか。では、さっそく帰ってそのように」

「お待ちください」

立ち上がろうとしたのを、伊十郎は制した。

「少しお訊《たず》ねしたきことが……」

「なんでございましょうか」

すました顔で、女中がきいた。

「百合どのは武芸をたしなまれるのか」

「はい。小太刀《こだち》に薙刀《なぎなた》などを少々。もちろん、武芸だけでなく、琴、和歌などもたしなまれます」

「そうですか」

「それが何か」

「いえ。それから、ふだんはどのようなお暮らし振りなのでしょうか。夜、外出なさることは多いのでしょうか」

「いえ、百合さまは夜はほとんど出ません。伊十郎さま」

「はい」

「百合さまのことで何か」

「いえ、なんでもありません。ただ、百合どののことをもっと知りたいと思ったまでのことです」

あわてて、伊十郎は言い繕った。

「そうですか。では、私はこれで」

「あの」

「まだ、何か」

まったく能面のような無表情な顔だ。

「百合どのはどのようなものをお好みなのでしょうか。明日の夕餉にどのようなものをお出ししたらよいのかと」

「伊十郎さまが普段お召し上がりになっているものをご所望です。百合さまはこちらさまの家族になられるのですから、特別なものはいりません」

「わかりました。では、お待ちしているとお伝えください」

「はい」

女中は立ち上がった。

玄関まで見送った。

「外はもう暗くなりました。誰かに送らせましょうか」

「高木さまのお屋敷に駕籠《かご》を待たせてありますので」

すました顔で言い、女中はさっさと門を出て行った。半太郎が門の外まで見送った。

戻って来た半太郎の顔を見て、伊十郎ははっと我に返った。

「半太郎」

「はい」

「明日の夜、百合どのがうちで夕餉を召し上がるそうだ。皆もいっしょにという。支度をしてくれ」

「支度と言いますと?」

「料理だ」

「料理といっても、どのようなものを？」

「普段我らが食べているものでよいそうだ」

「でも、お口にあいますか。やはり、仕出屋に頼んだほうがよろしいのでは?」

「いや。百合どのは普段食べているものをお望みらしい」

「でも」

「いいんだ。半太郎が作ったものでいい」

へたに高級なものを用意したら、普段からこのようなものをお召し上がりですかと厭味《いやみ》を言われそうだ。

「わかりました。でも、あとで何か言われても私は知りませんよ」

半太郎は不満そうに頬を膨《ふく》らませた。

ちょっぴり不安になったが、なるようにしかならないと開き直った。いずれにしろ、百合が我が屋敷で夕餉をとることが重要な意味を持っているのだ。いつも急にやって来てはさっと帰って行く。そのことの不満を訴えたことがあった。ようやく、百合もわかってくれたのか。

百合との距離がこれで一気に縮まったといえるかもしれない。

夕餉の膳についた。半太郎の給仕で食べはじめたが、煮物を口にして覚えず眉《まゆ》をひそめた。

「なんだ、これは？」

「牛蒡《ごぼう》でございますが」

「これが牛蒡か。木の根っこかと思った」

「申し訳ございません。残っていたものを使いましたので」

とにかく半太郎は節約家だ。料理もありあわせのものをうまく使ってこしらえる。だから、ときにしてこのようなものを食べさせられる。

それに、さほど料理がうまいわけではない。伊十郎は、うまいものは外で食べる習慣なので、半太郎の料理の腕はあがらない。

伊十郎は改めて考えた。このようなものを百合に出したら軽蔑《けいべつ》されるかもしれない。やはり、叱《しか》られたとしても仕出屋からとるか。

「半太郎。明日は仕出屋から頼もう。それに、おまえの料理をつければいい」

「はい。私もそのほうがよいように思います」

半太郎は安心したように答えた。

「あとは任せる。頼んだぞ」

「はい」

伊十郎は食事を続けた。


五つ半（午後九時）に、辰三と貞吉が連れ立ってやって来た。松助も自分の長屋から出て来た。

伊十郎は十手《じって》を懐に仕舞い、玄関に出た。

「そうそう、明日の夜、百合どのが皆で夕餉をいっしょにしたいと言って来た。そのつもりでいてくれ」

「えっ、百合さまがですか」

辰三が疑うような口振りで、

「それはほんとうなんですか」

と、きいた。

「ほんとうだ。いつも、来てはすぐに帰ってしまうので、気が差していたのであろう」

そういったが、実際は百合との仲が一歩前進した証《あかし》だと思った。

その夜は、京橋のほうから日本橋にかけて歩いてみたが、『ほたる火』に巡り合えなかった。

その代わりに、妙な人間に出会った。最初に気づいたのは辰三だった。

「旦那。あれは……」

駿河町《するがちょう》の裏道に入ったとき、天水桶《てんすいおけ》の脇のくらがりでうずくまっている男がいた。その正体がわかって呆れ返った。

近づいて行き、伊十郎は声をかけた。

「英才。こんなところで何をしているのだ？」

「『ほたる火』を待っています」

「ばかな。どうして、ここに現れると思うのだ？」

「私の勘でございます」

「勘だと？」

「はい。前回も、私の勘は当たりました。今度も、必ず」

「英才。偶然は二度とない。怪しまれぬうちに早く退散せよ」

「いえ、私はどうしてももう一度、『ほたる火』を拝みたいのです」

伊十郎は言い返す言葉を失って、そのまま引き上げたのだ。

そして、翌日の夜になった。

伊十郎はそわそわしていた。百合の顔を見るまでは落ち着かない。また、間際になって、気が変わったと言い出しかねない。

「旦那さま。落ち着いてください」

玄関と居間を行ったり来たりしている伊十郎に、半太郎がたしなめるように言った。

「うむ。だが、遅い」

「いえ。まだ、日も暮れ切っていません」

すでに、仕出しの料理も届き、夕餉の支度は整っていた。半太郎が棒手振《ぼてふ》りの魚屋から鯛《たい》を買い求めて刺身にし、残りを塩焼きにした。さらに、貝やさざえもある。仕出屋からは鰻《うなぎ》の蒲焼《かばやき》、天ぷらなどを届けてもらった。酒も酒屋から上物を届けさせてある。

辰三たちも舌なめずりをして膳のものを眺めている。

待ちかねた伊十郎が門の外まで見に行き、落胆して玄関まで戻ったとき、門にひとの気配がした。

伊十郎は振り返った。

百合が現れた。その神々《こうごう》しいばかりの美しさに、伊十郎はただ見とれていた。

「どうなさいましたか」

近づいて来た百合がつんとした顔で言った。

「お待ちしておりました」

伊十郎はあわてて声をかけた。

「お邪魔します」

百合はさっさと座敷にあがった。うしろから女中がついてきた。

間の襖を取っ払い、二間続きにして、膳を並べた。伊十郎と百合、それに女中が座り、隣の部屋に半太郎、辰三、貞吉、松助が座った。

「百合どの。ようこそお出《い》でくださいました」

よく来てくださったと感謝したくなったが、他の者の手前、伊十郎は鷹揚《おうよう》に言った。

「いえ、急な訪問でさぞあわただしい思いをさせたことでしょう。今宵《こよい》はみなさまとひとときを過ごしたく存じます」

百合は殊勝《しゅしょう》に言う。

「ありがたき仕合わせで」

辰三がすかさず応じた。

「まあ、硬い挨拶はなしで、さっそくいただくことにしましょう」

伊十郎が言うと、すぐに半太郎が進み出て、百合の盃に酌をした。

伊十郎は満足だった。百合が嫁に来ることがますます現実味を帯びてきた。百合がこの家で暮らすようになれば、ときたまこのような宴席を設けてもいい。

覚えず、にやついていた。

「伊十郎どの。何か楽しいことでもおありですか」

百合が冷めた声できく。

「ええ。百合どのがはじめて我が家で食事をなさってくださるのです。これが喜ばずにおられましょうや」

伊十郎は感に堪えぬように口にした。

百合から返事はない。百合は鰻の蒲焼に箸《はし》をつけた。何か言ってくれるかと思ったが、何も言わない。

辰三たちは酒がまわってきて卑猥《ひわい》な唄《うた》を唄いだした。伊十郎は眉をひそめ、すぐ半太郎を呼び寄せて言った。

「少し、おとなしくさせろ」

「はい」

半太郎は辰三のそばに行き、耳打ちする。

急に静かになった。

「いや。どうも、品のない者たちでして」

「私なら構いませんよ。どうぞ、大いに」

百合は平然と言う。

伊十郎は立ち上がり、百合のそばに移動した。

「さあ、百合どの」

徳利《とっくり》を持って、伊十郎は酒を勧める。

「いただきます」

百合は盃を差し出した。

伊十郎が注《つ》ぐといっきに呑み干し、けろりとしている。さっきから、百合はだいぶ呑んでいた。しかし、乱れもせず、顔に出ない。

うわばみだとははじめて知った。

百合を酔わそうとしても、その前にこっちが酔いつぶれてしまいそうだ。

「百合どのは小太刀の達人とお伺いしましたが」

「たしなむ程度でございます」

「いえいえ、いつぞや、風に吹かれて転がって来た桶を軽く避けられました。あの見事な動き」

伊十郎は探りを入れるようにきいた。

「はて、そのようなことはまったく覚えておりません」

「無意識のうちに体が反応したのでしょうか」

「無意識もなにも。もし、そのように目に映られたのなら、偶然でございましょう」

百合は軽くいなした。

「さようですか」

その後も酒を呑み続けた。

「百合どのはいっこうに酔わないのですね」

「いいえ、酔っています。ただ、いまは気を張っていますからだいじょうぶですが、屋敷に帰ったら、すぐ倒れてしまいます」

少しだけ可愛《かわい》らしいことを言う。

「百合さまはだいぶお呑みです。今宵はとても気分がよいのだと思います」

女中が耳打ちした。

「もし、よろしければお泊まりいただいても」

伊十郎が言うと、女中は真顔になった。

「なりませぬ」

厳しい言い方だった。

百合は五つ半（午後九時）になって席を立った。駕籠が門前にやって来た。辰三と貞吉に途中まで送らせようとしたが、百合は断った。

「だいじょうぶです。それに、おふたりともかなりお酔いになっておられますから」

辰三も貞吉も目の縁《ふち》を赤くし、ふたりともよたよたしている。

「あれではだめだ」

吐息をついてから、

「百合どの、お気をつけて」

と、伊十郎は声をかけた。百合の屋敷は駿河台《するがだい》だ。

「心配いりません」

「では、頼んだ」

伊十郎は駕籠かきに言った。

百合の乗った駕籠を見送ってから、

「おまえたち、だいぶ酔っているな。足がふらついている」

と、伊十郎は苦笑した。

「泊まっていけ」

「いえ、だいじょうぶです。酔ってなんかいませんよ」

そう言いながら、辰三と貞吉は引き上げて行った。

月は出ていないが、星明かりがよたつきながら去って行くふたりの姿を映し出していた。

第二章　殺し屋

一

翌朝、伊十郎は二日酔だった。ゆうべはだいぶ呑《の》んだ。百合もかなり呑んでいたが、だいじょうぶだったろうか。

厠《かわや》から帰ってすぐに、

「松助。湯屋だ」

と、伊十郎は頭を押さえながら言った。

頭がずきんずきんする。百合につられて呑んでしまったのだ。それだけでなく、百合がはじめてゆっくり過ごしてくれたことがうれしくてならなかった。これからは、いつも長くいてくれるだろう。そして、泊まっていってくれるようになる。そう思うと、覚えず笑みが漏れる。が、その瞬間、またしても頭の芯《しん》に痛みが押し寄せた。

松助に着替えの浴衣《ゆかた》を持たせ、伊十郎は南茅場町《みなみかやばちょう》の湯屋に行った。伊十郎が入るのは女湯である。

女湯は留湯《とめゆ》にしてあり、客は誰も入れない。入ることが出来るのは八丁堀の与力と同心だけである。

松助を番台の横で待たせ、伊十郎は洗い場に出る。ざくろ口をくぐって湯船に浸《つ》かった。内湯と違い、湯がたっぷりあり、気持ちいい。

いつもはのびのびと湯に浸かりながら、男湯のほうの世間話に耳を傾けるのだが、きょうは百合のことに思いが向いて話し声は耳に入って来ない。

やはり、百合はいい女だ。いずれわが妻になるのかと思うと、気持ちも弾んでくる。毎日が楽しいだろう。特に夜が……。そのことを想像して、顔がにやけて来た。

逆上《のぼ》せてきて、伊十郎は湯船から出た。

湯屋を出ると、冷たい風が火照《ほて》った体に気持ちよかった。

「あれは」

屋敷に帰って来たとき、松助が声を上げた。

木戸門の前に立っていたのは浮世絵師の英才だ。

英才も伊十郎に気づいて駆け寄った。

「井原さま。出ました」

英才は昂奮《こうふん》している。

「出た？　まさか」

伊十郎は声が震えた。

「『ほたる火』です。ゆうべ、『ほたる火』が出ました。これ」

英才が下絵を差し出した。帰ってから、忘れぬうちにと絵筆をとり、明け方まで夢中で描いていたのだという。

後ろ姿だけで、顔はわからない。しかし、伊十郎が見かけた後ろ姿と似ている。ほんものの『ほたる火』に間違いないようだ。

だが、まだ、これだけでは断定出来ない。

「見かけたのはどこだ？」

「駿河町ですよ。天水桶《てんすいおけ》の横に座っていたら、すぐ近くに下り立ったんです。ですから、忍び込んだのは『太田屋《おおたや》』だと思います」

「『太田屋』というと木綿《もめん》問屋か」

「はい。では、もう帰って寝ますので」

あくびをかみ殺しながら、英才は引き上げて行った。


辰三がやって来て、伊十郎は駿河町の『太田屋』に急いだ。

『太田屋』の主人は、『ほたる火』が侵入した疑いがあるというと、首を傾《かし》げた。

「そんなはずはありません。何も盗まれてはいませんので」

「念のためだ。調べてもらいたい」

伊十郎は強く勧めた。太田屋は盗まれるなんて考えられないと思い込んでいるようだ。しぶしぶながら、太田屋は番頭を伴い、土蔵に入った。

太田屋と番頭が中を調べている間、伊十郎は鍵穴を調べた。案の定、何かの先っぽで擦れたような傷があった。

「辰三。見てみろ」

「へい」

辰三が鍵穴を覗《のぞ》き込んだ。

「あっ、ありますぜ」

「うむ。紛れもなく、『ほたる火』が忍び込んだ証《あかし》だ」

伊十郎は『ほたる火』がこの土蔵に忍び込んだことは間違いないと思った。

土蔵の中が騒がしくなった。

太田屋が飛び出して来た。

「やられました。二十五両が不足しています」

「間違いないのか」

「はい。きのうの夜に勘定を調べております。間違いありません」

太田屋は苦々しい顔で言った。

「『ほたる火』でしょうか」

「間違いない。『ほたる火』だ」

言い切ったあとで、伊十郎は内心ではほっとしていた。これで、『ほたる火』が百合ではないことがはっきりした。

駕籠《かご》で帰る途中、『ほたる火』に変身して夜働きをしたとは考えられない。百合はかなり酒を呑んだ。酔っていたはずだし、あのような状態で身軽に動けるはずはない。

念のために、駕籠屋に屋敷まで無事辿《たど》り着いたか確かめてみるつもりだが、百合が『ほたる火』だという疑いは消えたと見ていい。

「どうか、一刻も早く『ほたる火』を捕まえてください。このままでは腹の虫が治まりません」

太田屋は憤慨して言った。

伊十郎と辰三は塀に向かった。

土蔵の裏の塀に梯子《はしご》をかけて、貞吉が上っていた。

「貞吉。どうだ？」

辰三が見上げてきいた。

「へい。ここに間違いありません。塀の上に微《かす》かにこすったあとがありました」

天に向かって鋭い牙《きば》を剝《む》くように忍び返しがついているが、『ほたる火』はなんなく乗り越えている。

「よし。もういい」

辰三は下りるように言った。

「へい」

貞吉は地に下りてから梯子を物置まで返しに行った。

「旦那。それにしても、英才の野郎、ほんとうに『ほたる火』に巡り合いましたね。奴の勘は鋭いんでしょうか。何かこつでも。まさか、易《えき》でも」

「易か。二度も『ほたる火』に巡り合うなんて信じられぬことだ」

いったい英才はどんな勘を働かせたのか。闇雲《やみくも》に、駿河町の『太田屋』の近くに的を絞ったのではなく、何か目星があったのではないか。

英才にきいてみるか。

伊十郎は『太田屋』を出てから、辰三たちに付近の聞き込みを任せ、ひとりで英才の住む田原町に向かった。

どうして英才は『ほたる火』の出没する場所がわかったのか。まさか、そういったことに関しては天才的な閃《ひらめ》きを持っているのだろうか。

ともかく、百合の疑いが晴れたことで、伊十郎の心はきょうの澄んだ青空のようにすっきりしていた。

百合との仲もこれでいっきに深まる。そう確信した。が、ふいにおふじの顔が蘇《よみがえ》る。あわてて、振り払う。

田原町の英才の家にやって来た。

伊十郎は勝手に二階に上がった。

「英才、邪魔するぞ」

伊十郎は大きな声を出した。英才がびっくりして布団から飛び起きたのは、きようは耳栓をしていなかったためだ。

「これは井原さま。驚かさないでくださいな」

英才は口をわななかせていた。

そのことにとりあわず、

「英才。そなたの言うとおりだった。『太田屋』に『ほたる火』の忍び込んだ形跡があった」

と、伊十郎は英才の前にあぐらをかいた。

「やはり、そうでございましょう」

英才は得意気に胸をそらした。

「どうして、わかったのだ?」

「ですから勘ですよ」

「どういう根拠で、駿河町の『太田屋』の近くに狙《ねら》いを定めたのだ?」

「いつかもお話ししたように、『ほたる火』が出没した場所を頭に入れ、駿河町を割り出したのです」

「出没した場所を頭に入れるとは具体的にどういうことをするのだ?」

「口じゃ言えません」

「なぜだ？」

「ですから、あとは勘ですから」

「おまえは易をするのか」

「いえ」

自信に満ちた英才の顔を見ていると、ほんとうに鋭い勘の持主なのかもしれないと思えて来た。

「おまえが『ほたる火』に二度も出会ったのは紛れもない事実だ。教えてくれ。今度、現れるとしたら、どこだ？」

「さあ」

「さあではない。勘を働かせてみろ」

「そうですな。いままで、比較的出没していない湯島、池之端《いけのはた》、下谷《したや》辺りではないでしょうか。私が今度、張り込むとしたら下谷広小路近辺でございましょうか」

英才は顎《あご》をなでながら言う。

「下谷広小路辺りか」

確かに、そっちのほうはあまり出没していない。

「ところで、『ほたる火』はやはり百合どのに似ていたのだろうな」

伊十郎はわざと意地悪くきいた。

「似ていたとも言えるし、似ていないとも言えます」

「どっちだ？」

「今回は顔が見えなかったもので」

「だが、今回の下絵も百合どのに似ている」

「はい。ですが、おふじさんにも似ています」

「また、おふじか」

「でも、百合さまとおふじさんはよく似ていらっしゃいます」

「似ている？」

「そうは思いませんか。私には同じように見えました」

「やはり、そなたは美しい女はみな同じに見えるのではないのか」

「いえ。そうではありませんが」

さっきと違って、英才は自信なさげに答えた。

田原町から蔵前を通って浅草御門をぬけたとき、伊十郎はおふじのところに寄るつもりになっていた。

浜町堀を渡ってから左に折れ、高砂町に向かった。

おふじの家の前で、ちょうど買い物から帰って来たらしいお光と出会った。

「井原さま。いらっしゃいまし」

お光はにこりと微笑《ほほえ》んだ。なんだか、心を見透かされているような気がして、伊十郎は臆した。

「近くまで来たのでな。ちょっと伝えたいことがあってな。すぐ帰る」

つい言い訳をした。

「どうぞ」

お光は格子戸を開けて伊十郎を招じた。

おふじは三味線を脇に置いて待っていた。

「旦那。いらっしゃい」

「きのう、『ほたる火』が現れた」

「まあ、『ほたる火』がですか。まさか、百合さまに疑いが?」

「それが、ちょうど百合どのは我が屋敷に来ていたのだ」

「百合さまがですか」

「そうだ。だから、百合どのの疑いが晴れた。そんなはずはないと思っていても、英才の言葉に動揺した自分が恥ずかしい」

「そうですか。疑いが晴れてようございました」

「そのとおりだ。そのことを告げたかったのだ」

そう言い、伊十郎は腰を浮かした。

「あら。もうお帰りなのですか」

「これで憂《うれ》えもなくなった。今度、改めて夜にでも来る」

「ええ、ぜひ」

おふじも立ち上がった。

「それにしても、英才の勘にはたまげたぜ。『ほたる火』が出没する場所に見当をつけ、そのとおりになったのだ」

そう言いながら、伊十郎は部屋を出た。

「英才さんは、どうしても『ほたる火』を描きたいんでしょうか」

「そのようだ。だが、おふじや百合どのにも色気を持っている。困った奴だ」

「ほんとうに」

伊十郎は土間に下り立った。

「旦那。お近いうちに、また」

「ああ、寄せてもらうぜ」

伊十郎はおふじの家をあとにした。

駿河町に戻ってみると、ちょうど辰三と貞吉がやって来るのに出会った。

「この隣町までの自身番、木戸番などにきいてみましたが、『ほたる火』はもちろんのこと、ひとり歩きの女を見た者はいませんでした」

辰三は首を横に振った。

「暗がりに身を隠しながら移動したか、屋根伝いに逃げたのだろう」

予想されたことだ。

「ふつか続けて動き回るとは思えないが、念のために今夜から夜回りを再開しよう」

そして、伊十郎は続けた。

「英才の勘だと、今度は湯島から池之端、下谷方面に出没するそうだ」

「英才の勘ですか」

辰三は面白くなさそうに言った。

「二度も、『ほたる火』に出会っているのだ。偶然が二度も起きたとは考えられない。英才の勘を信じてみよう」

「へい」

辰三は渋々ながら承知した。


夕方に、屋敷に帰った伊十郎は夕餉《ゆうげ》を済ませてから、半太郎に高木文左衛門の都合をききに行ってもらった。

文左衛門の承諾の返事を半太郎が持って帰ってから、伊十郎は出かけた。

屋敷に着くと、すぐ客間に通された。そして、待つほどのこともなく、文左衛門が現れた。

「どうした、百合どのの件か」

「おわかりで?」

「そなたが、百合どの以外の用件で我が家に来たことがあるか」

「恐れ入ります」

「ゆうべ、百合どのはそなたのところで馳走《ちそう》になったのであろう」

「はい。そのご報告にあがりました」

「わざわざ、そんなことを知らせに来なくともよい」

「高木さまには何かとご心配いただいておりますゆえ、無事に済んだことをご報告すべきかと存じまして」

「さようか」

「つきましては、結納の件が、それきりになっております。なにとぞ柳本さまに進めていただけるようにお願いしていただけたらと」

まだ結納かわしていないのだ。その寸前までいって足踏みしている。

「結納か」

文左衛門は渋い顔になって、

「伊十郎。いつぞやも申したが、百合どののこと、思い直すならいまのうちだぞ」

「思い直すなんて、とんでもない」

「百合どのの話をそなたに持ちかけたわしが言うのも妙な話だが、あのお方は聞きしに勝《まさ》るわがままな女子《おなご》だ。わしのところでは遠慮しているようだが、そなたにはそうではあるまい。そなたの苦労が目に見えているから言うのだ」

文左衛門が本気で言っているのかどうか、わからない。なにしろ、食えないお方だ。伊十郎が百合のことで右往左往しているのを楽しんでいるようなところがある。百合との仲がうまくなりかけると、それに水を差そうとする。

「ご心配には及びません」

「しかし、悪妻は一生の不作ぞ」

「いえ、百合どのはわがままであっても悪妻ではありません」

「ずいぶん入れ込んだものだ。まあ、そなたにそこまでの覚悟があるのならそれでいい。今度、柳本どのにお会いしたら話しておこう」

「はっ、ありがとうございます」

文左衛門は面白くなさそうな顔をしていた。

文左衛門の屋敷を辞去してから、ふと文左衛門が自分のことを百合になんと話しているのか伊十郎は気になった。伊十郎には、百合はわがままな女だと言った。まさか、文左衛門は百合に伊十郎は女癖が悪いと言っているのではないか。

ひょっとしたら、百合にも、あのような男を夫にもったら泣かされますぞと言っているのかもしれない。

あり得ると思った。悪意はないのだろうが、ひとが困るのを見て喜ぶような性癖がある。

今度、百合どのに会ったら、そのことを確かめておかねばならない。

そんなことを考えながら、屋敷に戻ると、辰三がすでに来ていた。

「いま、支度してくる」

伊十郎は急いで外出の支度をした。

伊十郎は辰三と貞吉の三人で、『ほたる火』を探しに夜回りに出かけた。今夜から英才が予想した一帯を歩き回ってみるのだ。

神田須田町《すだちょう》に差しかかったとき、五つ（午後八時）の鐘が鳴りはじめた。月はなく、筋違橋《すじかい》の付近は暗く、提灯《ちょうちん》の明かりが行き交《か》った。

二

ふつか後。夜になって冷えてきた。きょうから十月だ。

伊十郎は池之端仲町から下谷広小路に足を向けた。五つを過ぎたばかりだが、ひと通りも絶え、昼間の賑《にぎ》わいが嘘のようにひっそりとしている。

『ほたる火』を求めて、今宵も伊十郎は歩き回っている。

「旦那。あれは与之助《よのすけ》じゃありませんかえ」

ふいに、辰三が急《せ》いた口調で言った。

上野元黒門町《もとくろもんちょう》の町角から出て来た商人ふうの男の横顔を見た。小さな顔に不釣り合いなほどの高い鼻が与之助の特徴だ。役者崩れの男で、どんなに変装しようが高い鼻の特徴は隠しようもない。

「なるほど。与之助だ」

与之助はあちこちで後家《ごけ》や妾《めかけ》などの旦那持ちの女をたらしこんで、金を騙《だま》しとっている男だ。色白のなよっとした男で、どうして女が与之助にころりといかれるのかわからない。

それより始末が悪いのは女が与之助を訴えようとしないことだ。金まで騙し取られたといって騒いだわりには訴えようとしないのだ。与之助が牢屋に入れられるのが可哀《かわい》そうだからという理由もある。それより、旦那に浮気がばれてしまうからという事情のほうが大きなようだ。だから、伊十郎がいくら言い聞かせても頑として応じない。

だが、与之助は若い女に手を出した。深川永代寺門前仲町《えいたいじもんぜんなかちょう》にある料理屋『花まさ』のおさきという女中だ。与之助はおさきと共に姿を消した。

それが半年前。『花まさ』の女将《おかみ》が門前仲町の町役人に訴えたのが、おさきが姿を晦《くら》ましてから五日後だった。

「とっ捕まえますかえ」

辰三が意気込んだ。

「いや。どこへ行くのか、あとをつけよう」

「へい」

伊十郎と辰三は与之助のあとをつけた。

羽織りを着ているのは商家の番頭になりすましているのかもしれない。

与之助は上野新黒門町にある一軒家にまっすぐ向かった。小体《こてい》な家だ。与之助は格子戸を開けて中に消えた。

「誰の家か近所できいてきます」

辰三は連子《れんじ》窓から微かに明かりが漏れている家に向かった。

すぐに戻って来て、

「わかりました。二軒隣の話好きのかみさんの話では、おすみといってどこかの商家の後家だそうです」

「おすみ？」

伊十郎は一瞬、どきっとした。

「与之助の奴、今度は後家に狙《ねら》いを定めやがったか」

辰三の声が耳に入らない。

伊十郎がこれまで遊んで来た女は後家や妾が多い。あの女たちは痒《かゆ》いところに手が届くようにやさしいのだ。それに、後腐れがないのもいい。

そんな中に、おすみという後家がいた。浜松町《はままつちょう》にある下駄屋の内儀《おかみ》だったが、亭主が流行《はや》り病で急死したのだ。子どももなく、店を畳んで、築地明石町《つきじあかし》に一軒家を借りて住んだ。その家に、伊十郎は何度か忍んで行ったことがある。

だが、自分の知っているおすみであるはずがない。たまたま、同じ名前の後家だったというだけだろう。そう思いながら、まだ動揺は隠せない。

「旦那。どうしますかえ」

辰三の声で、伊十郎は我に返った。

「踏み込んでとっ捕まえますかえ」

「ちょっと、様子を見て来い」

「へい」

辰三がおすみの家に向かった。そして、窓の下から様子を窺《うかが》い、戻って来た。

「野郎、いま、酒を呑んでいます。このあと、乳繰《ちちく》り合うんですぜ」

辰三が嫉妬《しっと》したように言う。

「女をすっかり虜《とりこ》にしているらしいな」

伊十郎も苦い顔をした。

「踏み込んでとっ捕まえましょうか」

もう一度、辰三が言った。

「いや。せっかくの楽しみを邪魔するのも無粋《ぶすい》だろう。それに、目の前で捕まえたのでは女が可哀そうだ。出て来るのを待とう」

伊十郎は女の気持ちを考えて言った。

「そうですかえ」

辰三は不満そうに言ってから、

「おさきといっしょに暮らしながら、他の女に近づいているんですかねえ」

「おさきがどうしているのか気になるな」

与之助の後家や妾好きは、ひところの俺を見ているようだと、伊十郎はふと自嘲《じちょう》ぎみに口許《くちもと》を歪《ゆが》めた。

だが、伊十郎は後家や妾に所帯を持とうと言ったり、金をねだったこともない。あくまでも対等な遊びだった。

だが、そんな女道楽もいまは一切断っている。伊十郎には百合という許嫁《いいなずけ》がいるからだ。

「こんなときに限って、この近くで『ほたる火』が現れるんじゃないでしょうね」

辰三はいまいましそうに言う。

与之助に偶然出会ったことで、今夜は『ほたる火』の探索は中止だ。しかし、辰三の言うように、界隈《かいわい》に現れるかもしれない。

だが、現れるか現れないかわからない相手を待つより、現実に目の前にいる与之助を追うのが筋だ。

遠くに夜鳴き蕎麦《そば》屋の悲しげな呼び声が聞こえた。

「あの声を聞くと、唾《つば》が出てきますぜ。家の中ではふたりで酒を呑んでは肴《さかな》をつまんでいい気持ちになっているんでしょうよ」

辰三は腹の虫を鳴らした。

「辛抱だ」

伊十郎は苦笑する。

四半刻（三十分）ほど経《た》った。

「そろそろ、ふたりはふとんの中ですかねえ」

辰三はあらぬことを考えていらだっている。与之助と女が激しく燃えていることかもしれないと、伊十郎も想像した。

「おや、旦那。もう出て来ましたぜ」

またも辰三の声で現実に引き戻された。

女に見送られ、与之助は外に姿を現した。伊十郎は、つい女のほうに注意を向けた。そんなに若くない。三十半ばは行っているかもしれない。伊十郎が知っているおすみとは別人だった。ほっとして、与之助を見た。

色白ののっぺりした顔に鼻が異様に高い。大店《おおだな》の若旦那を気取っているようだ。

与之助は下谷広小路に向かって歩き出した。途中で振り返り、女に片手を上げた。女は与之助の姿が見えなくなるまで見送っていた。

与之助のあとをつける。与之助の住まいに、おさきがいるかどうか、それを確かめなければならない。

それにしても、あんな男のどこに女が惹《ひ》かれるのかわからないが、おそらく女にはやさしいのだろう。下僕のように尽くすのに違いない。

ただ、後家や妾なら理解出来るが、おさきのような若い女が与之助の誘惑に引っかかったことがわからない。

与之助の仲間に当たって聞き込みを続けていくうちに、これまでに三人の女を騙しているらしいことがわかった。

最初の芸者上がりの妾は三十半ばの渋い顔立ちだった。与之助と深い仲になったことは認めたが、金は上げたものだと言った。稲荷町《いなりちょう》に住む小間物屋の後家も騙し取られたんではなく、上げたのだと言い、三人目の踊りの師匠は金を渡して三人とも、旦那がいた。ことを荒立てたくないことが明らかだった。そのことも計算していたのに違いない。

この半年、与之助はどこで何をしていたのか。だが、性懲《しょうこ》りもなく、新たな獲物に食いついていたのだ。

与之助はさっき出て来た元黒門町の角を曲がった。伊十郎と辰三も続いて曲がる。住まいを突き止めるのが先決だ。

与之助はさらに不忍池《しのばずのいけ》から流れている忍川《しのぶ》を渡り、下谷一丁目に出た。

念のために、伊十郎は十手《じって》を手にした。万が一、気づかれたら、足を狙って十手を投げるのだ。十手の投擲《とうてき》には自信があった。

与之助は五条天神の裏手に差しかかった。

「浅草のほうに向かうのでしょうか」

辰三が小声で言った。

そのとき、異変が起こった。五条天神の境内《けいだい》から黒い影が飛び出して、与之助に向かった。提灯の明かりを照り返して光ったのは匕首《あいくち》だ。

与之助が悲鳴をあげてよろけた。

「待て」

叫びながら、伊十郎は賊に向かって十手を投げた。風を切り、唸《うな》り音を出しながら、十手は黒い影に向かった。黒い布で頬《ほお》かぶりをした黒装束の男だ。

十手は賊の肩に命中し、賊は再び境内に飛び込んだ。

「辰三。あとを」

叫んで、伊十郎も境内に駆け込んだ。賊は社殿のほうに逃げた。伊十郎は走った。

参道を突っ切って通りに出たとき、賊はすでに三橋《みはし》のほうに向かって走り去った。素早い動きだった。

伊十郎は舌打ちした。

さっきの場所に戻った。

「逃げられた」

伊十郎は辰三から十手を受け取った。

「与之助は賊に心当たりはないって言っています」

辰三に縄を打たれた与之助は震えている。

「ほんとうにないのか」

辰三は与之助に確かめた。

「へえ、ありません」

与之助は怯《おび》えている。

「しかし、賊はおまえを待ち伏せていた。殺すつもりだったのだ」

「へえ。でも、あっしにはまったく心当たりがありません」

泣きそうな顔で答える。嘘をついているようには思えない。

騒ぎを聞きつけ、表店《おもてだな》の住人が顔を覗かせていた。

「ともかく、自身番まで来い」

与之助を下谷町二丁目の自身番に連れて行った。

家主や番人、書役《かきやく》が詰めている畳敷きの間の奥の板敷きの間で、伊十郎と辰三は与之助と向かい合った。

「さっきの続きだが、あれは物取りではない。明らかにおまえを待ち伏せていた。きっと何かあるはずだ」

「いえ、ありません」

「いや。何かあるはずだ。よく考えてみろ」

「へえ」

与之助は何度も首をひねった。

何も思いつかないらしい。

「まあ、よい。では、あの家に何しに行った?」

「えっ? なんのことで?」

「とぼけるな」

辰三が怒鳴った。与之助は首をすくめた。

「新黒門町の一軒家に住むおすみという後家の家だ」

与之助はびくっとした。

「お見通しなんだ。有体《ありてい》に言うんだ。金を騙し取ろうとしたんだろう」

「とんでもない。あっしはまじにおすみさんとつきあっているんです。金を騙し取るなんて、滅相もありません。それにおすみさんは囲い者です」

「妾か。おすみは誰の妾だ?」

「知りません」

「知らないわけはないだろう。正直に言わねえと、ためにならねえぜ」

辰三が威《おど》した。

「麹町《こうじまち》にある『大西屋《おおにしや》』という鼻緒問屋の旦那の世話を受けているそうです」

「やはりな。おまえのいつもの手口だ。妾なら、金を騙しとって逃げてもおおっぴらにはしまいと踏んでのことだ」

「とんでもない。違います」

与之助はあわてて言う。

「『大西屋』の旦那と会ったことはあるのか」

「いえ、ありません」

「おすみとどこで出会ったんだ?」

伊十郎はきく。

「へえ。八月に本所の萩寺《はぎでら》で知り合いました。気分が悪くなった女のひとがいて介抱してやったんです。それがおすみさんでした。それが縁で……」

「おすみが妾なのを知って近づいたんじゃねえのか」

辰三が疑ってきく。

「違います。ほんとうに偶然でして」

「ふん。それから、すぐいい仲になったのか」

「へえ、まあ」

与之助はにやついた。

「ちっ」

辰三はいまいましげに舌打ちしてから、

「それより、おさきはどこにいる?」

「おさき? 何のことですかえ」

「とぼけるんじゃねえ。『花まさ』の女中のおさきだ。いっしょにいるんだろう?」

「おさきちゃんがどうかしたんですか」

「とぼけるなと言っているだろう」

「とぼけちゃいねえ」

「では、嘘をついているのか」

「嘘なんかじゃありませんぜ」

与之助はむきになって言う。

「おまえが、おさきといっしょに逃げたことはわかっているんだ」

「親分。ほんとうにおさきちゃんはいなくなってしまったんですかえ」

「とぼけるな。何度言わせるんだ」

「『花まさ』のおさきって女は知っています。同じ長屋でしたから。でも、あっしとは関係ありませんぜ。何かの間違いだ」

「まだ、言い逃れをするのか」

辰三はいきり立った。

「ほんとうだ」

「与之助。この半年間、おめえはどこにいたんだ?」

伊十郎が口を開くと、与之助は首をすくめ、

「本郷の後家さんの家に転がり込んでいました」

「本郷の後家だと? いい加減なことを言うな」

「ほんとうです」

「では、なんという女だ?」

「おこんさんです」

「おう、与之助。おとなしく聞いていればいい気になりやがって。本郷の後家に世話になりながら、おすみという妾に近づいたのか」

「本郷のほうは別れました」

「いい加減なことばかり言いやがって」

辰三は怒鳴り声を上げた。

「信じてくださいな」

与之助は哀願した。

「与之助。それより、さっきの賊だ。なぜ、賊はおめえがあの道を通るのを知っていたんだ？」

伊十郎は賊のことが気になった。

「さあ」

「あの道を通ることを誰かに話したか」

「いいえ、話してはいません」

「おすみはどうだ？」

「おすみさんにですか」

与之助は訝《いぶか》しげな顔をして、

「そういえば、いつも五条天神の裏を通って引き上げると言ったことが……。まさか、おすみさんが？　そんなはずはありません。おすみさんがそのような真似をするはずがない」

「おすみの旦那に知られていないのか」

「知られてはないはずです」

「おすみの家で誰かと会ったことはあるか」

「いえ」

「おまえ以外に男の影はなかったか」

「そんなもん、ありません。おすみはあっしにぞっこんですから」

与之助はにやついた。

「それにしちゃ、今夜はよくおすみはおめえを帰したな。泊まっていけと、引き止めなかったのか」

伊十郎は確かめた。

「へえ、それが、風邪《かぜ》気味だっていうんで」

「風邪気味？」

「へえ。また、日を改めて来て欲しいと」

「そんなこと、いままでにあったのか」

「いえ、はじめてです」

「与之助。おかしいと思わないのか」

「なにがですかえ」

「おすみがおめえを早く帰したことだ」

「ですから風邪気味だっていうんで」

「熱でもあるように思えたか」

「いえ」

「おめえを引き上げさせる口実だったのかもしれぬな」

伊十郎は言う。

「なぜ、ですかえ」

「いいか。五条天神で待っていた賊はおめえが来るのがわかっていたのだ。おすみが絡んでいるとしか考えられぬ」

おすみの家から与之助を尾行して来た者はいない。それは伊十郎と辰三がよく知っている。おすみと賊がつながっていると考えたほうがいい。

「そんなばかな」

与之助は信じられないという顔をした。

「もう一度、おすみとおめえが出会った経緯を話してみろ」

伊十郎はきいた。

「へえ。ですから、本所の萩寺で偶然……」

急に、与之助は声を止めた。何か気がついたようだ。

「どうした？」

「ちょっと確かめたいことがあります。どうか、あっしを一晩だけ、解き放ってくださいませんか。けっして逃げも隠れもしねえ」

「だめだ」

伊十郎は拒絶した。

「おまえは命を狙われたのだ」

「だいじょうぶです。どうしても、確かめたいことがあるんだ。お願いです」

「どういうことだ？　それを教えてくれれば、こっちで確かめる」

「言えない」

「では、何を確かめるのだ？」

「いえ、なんでもありません。ただ、おすみに会って来たかっただけです。すみません。もう、結構です」

与之助は急におとなしくなった。

のらりくらりと、こっちの追及をかわそうとしている。

「今夜は遅い。おまえはここで一晩過ごすのだ」

伊十郎は言った。こんな刻限では大番屋に送ることも出来ない。

「おすみとのことはよく考えてみろ」

「そうしやす」

与之助は素直に応じた。

辰三は与之助を後ろ手に縛った縄尻を羽目板に打ってある鉄の環につないだ。

「明日まで、この者を頼む」

伊十郎は自身番の者に言った。

「わかりました」

家主が応じた。

伊十郎と辰三は自身番を出た。

「『ほたる火』の探索から思いがけぬ獲物がひっかかったもんですね」

辰三が苦笑した。

「うむ。与之助には何かある。明日は大番屋に連れて行って調べよう」

百合が『ほたる火』ではないとはっきりした今は、どうしても『ほたる火』を捕まえなければならないという強い理由はない。

それより、与之助のほうに何か大きなことが隠されているようだった。

四つ（午後十時）を過ぎ、町木戸は閉まっていた。伊十郎と辰三は潜《くぐ》り戸を通って帰途についた。

三

伊十郎は『ほたる火』を崖っぷちに追い詰めた。黒装束の『ほたる火』が振り向く。背後は千尋《せんじん》の谷だ。ふと、『ほたる火』の足元に山百合が咲いていた。次の瞬間、『ほたる火』が頬かぶりの布をとった。伊十郎はあっと叫んだ。

どこかから、誰かが呼んでいる。だが、伊十郎は『ほたる火』の素顔を見たまま、体が硬直してしまった。

「旦那さま、旦那さま」

声が遠くで聞こえた。金縛りにあったように体が動かない。意識が混濁していた。急に足元が崩れ、伊十郎は谷底に落下した。その瞬間に、はっとして目が覚めた。

「旦那さま」

若党の半太郎の声だ。

伊十郎は目を開けた。見馴れた天井の節穴が目に入った。

「旦那さま。貞吉が来ております」

襖《ふすま》の外で呼んでいるのだ。

「なに、貞吉だと」

ようやく、目が覚めた。

まだ、外は薄暗かった。

伊十郎はすぐに臥所《ふしど》を出て、濡縁《ぬれえん》に出た。庭にうっすらと靄《もや》がかかっていた。

「何かあったのか」

庭先に立っている貞吉に声をかけた。この屋敷に住んでいる小者の松助も何ごとかと飛び出して来た。

「与之助が自身番から逃げたそうです」

貞吉が訴えた。

「逃げた？」

　ばかな真似をと、伊十郎は罵《ののし》りたくなった。

「明け方、厠に連れて行った隙を狙って逃げ出したってことです。いま、親分が下谷町の自身番に行っています。とりあえず、先にお知らせに。親分が状況を調べてから、こちらにやって来るそうです」

「わかった。では、辰三がやって来るのを待つとしよう」

「へい。では、あっしは親分のところに」

「ご苦労」

　貞吉は下谷町にひき返した。

　与之助は何か確かめたいことがあると言っていた。そのことを調べたいために、逃げ出したのに違いない。

　いったい、何を調べたかったのか。おすみに関わりあることだろう。

　それより、与之助を襲った人間だ。与之助は命を狙われる心当たりはないと言っていた。そのことに偽《いつわ》りはないだろう。つまり、当人にはないが、与之助を生かしておけないと思っている人間がいるのだ。

　与之助に騙された女たちの中にいるのか。いや、賊は待ち伏せていたのだ。与之助が必ず五条天神の裏を通るとわかっていたのは、おすみだ。

やはり、おすみが何かの鍵を握っているようだ。

気がつくと、汗をかいていた。さっきの夢だ。追い詰められた『ほたる火』が頬かぶりをとった。現れたのは百合の顔だった。

妙な夢を見た。常に気にしていたせいか。しかし、百合が『ほたる火』ではないことがわかったあとに、なぜ、あんな夢を見たのか。

「松助。湯屋に行く」

松助に浴衣を持たせ、伊十郎は湯屋に行った。

いつものように湯船に浸かりながら、男湯の話し声に耳を傾ける。気になるような話題はない。

伊十郎は与之助のことを考えた。与之助はなぜ命を狙われたのか。おさきはどこに行ったのか。

屋敷に戻り、朝餉を食べ、髪結いに髪と髭を当たってもらっていると、辰三がやって来た。

「ごくろう。少し待っててくれ」

「へい」

辰三は松助と話しだした。

松助は同心の下働きをする小者で奉行所に通してあるが、辰三は伊十郎が私的に使っている者だ。もとは深川の博徒の親分のところにいた男だ。つまり、裏の世界を知っている男だ。岡っ引きにはそのような人間が適している。

堅気《かたぎ》の松助と遊び人だった辰三はお互いに気が合っているようだ。ふたりは話に花が咲いていた。

「へい、お疲れさまでした」

髪結いが伊十郎の肩にかかった手拭いを外した。

「ごくろう」

その声を待っていたかのように、ふたりの話し声がぴたっと止《や》んだ。

髪結いが去ってから、辰三が近づいて来た。

「与之助の行方《ゆくえ》はわかりません」

いまいましげに言って、辰三は続けた。

「与之助は夜明けに厠に行きたいと言い出して、番人が裏手の厠に連れて行ったんです。用を足すために縄目を緩めた隙を狙って番人を突き飛ばし、開いたばかりの町木戸を抜けて逃げ去ったってことです。町木戸が開くのを待っていたようです」

「自分を襲わせた人間に思い当たることでもあったのか」

「そうかもしれませんね。まんまとやられてしまいました」

「仕方ねえ。こうなったら、逃げも隠れもしないと言った与之助の言葉を信じて待つしかない」

「へえ。とりあえず、いま貞吉におすみの家を見張らせています」

与之助がおすみのところに行くことは十分に考えられる。襲った人間とおすみがつるんでいるかもしれないのだ。

「おすみが何かを知っているはずだ。おすみに会ってみよう」

伊十郎はすっくと立ち上がった。


上野新黒門町のおすみの家にやって来た。貞吉が見張っていた。

「どうだ？」

辰三が声をかけた。

「今のところ、誰も訪れたものはありません」

もっとも、与之助が逃げた直後に、そのままおすみの家に駆けつけたら、それを目撃することは無理だ。貞吉がやって来る前に、すでにおすみの家を引き上げているかもしれない。

「よし。訪ねてみよう」

伊十郎はおすみの家に向かった。

格子戸の前に立ち、辰三が戸を開けた。

「ごめんよ」

しばらくして、白い影が現れた。

間近で見ると目尻に皺《しわ》があり、三十半ばぐらいに思えた。色白の痩《や》せた女で、首が細い。鼻がつんと上を向いているわりにはおとなしそうな印象だった。

「すまねえな。ちと訊ねたいことがある。こちら、北町の井原さまで、俺は辰三というもんだ」

「はい」

不安そうな顔で、女は腰を下ろした。

「おまえさんの名は？」

「おすみと申します」

丁寧に答える。

「ここに与之助という男がやって来ているな」

「与之助？　いえ」

とぼけているのか、おすみは首を横に振った。

「ゆうべ、男がやって来たはずだ」

「吉次《きちじ》さんのことですか」

おすみは顔色を変えた。

「吉次？　そうか、吉次と名乗っていたか」

「どういうことでございますか」

おすみはほんとうに何も知らないのか。それともとぼけているのか。

「吉次とはどういう関係なのだ？」

「関係ですか。ええ、まあ、親しくしているひとですよ」

俯《うつむ》き加減に答えた。

「おまえさん、誰かの世話になっていると聞いたが？」

「はい。そのとおりです。それでも、いいと言ってくれていましたので。吉次さんは商人らしくとても誠実ですから」

「商人？」

「ええ。小間物屋です。小さな店で番頭をしていると言っていました。ときたま、行商に出ているそうです。いつか、自分の店を持ちたいと」

「そうか」

女を騙す際の与之助の手だ。

「旦那。いったい、どういうことなんですかえ」

おすみは不安を押さえきれなくなったようにきいた。

「いいか。あの男は与之助という名だ。何人かの女から金を騙し取った疑いがかかっている」

「まさか」

おすみは口を半開きにした。

「おまえさんは誰の世話になっているんだね。差《さ》し支《つか》えなかったら教えてくれねえか」

「あの、旦那にご迷惑がかかることは？」

「心配いらない」

「でも」

おすみは迷っている。

「誰だね」

「言わなくてはいけませんか」

「言いたくなければ言わなくてもいい。調べればすぐわかることだ」

他の男と親しくなったことを、旦那に知られるのを恐れているのだろう。

「安心するんだ。旦那にはおめえと与之助のことを気づかれないようにする」

「わかりました」

おすみは頷いた。

「麹町にある『大西屋』という鼻緒問屋の旦那の世話を受けています」

これは与之助の言葉と合っている。

「大西屋はよくここに来るのか」

「それが、いま寝込んでいてここにやって来られないんですよ」

おすみは寂しそうに言った。

「なに、来ていないのか」

「はい。もう、三月《みつき》になります」

与之助がおすみと萩寺で会う前のことだ。

「与之助は、おまえさんとは本所の萩寺で出会ったと言っているが」

「萩寺ですって。違いますよ」

おすみは首を横に振って、

「商売で、うちにやって来たんですよ。はじめて来たのが八月半ばごろでした。それから、ちょくちょくやって来て……」

「なるほど。それでいい仲になったというわけか」

「はい」

「きのうは吉次、いや与之助は早く引き上げたな」

「ええ。きのうは用があるって早く帰りました」

「用がある？」

またも食い違っている。

「ええ。ひとと会うのだと言ってました」

「誰と会うとは言っていなかったのか」

「はい。それは言いませんでした」

「与之助は、おめえが風邪気味だからというので、早く引き上げたと言っていたが？」

「私が風邪ぎみですって。いえ、そんなことは言ってません」

「風邪ぎみではなかったのか」

「ええ。風邪なんか引いていませんよ」

「妙だな。与之助とおまえの言い分はずいぶん食い違っている」

「信じられません。吉次さんと旦那が仰っている与之助さんは別人のような気がします」

「与之助は鼻の高い男だ」

「ええ、吉次さんも……」

「与之助だ。間違いない。与之助がどこに住んでいるか知っているか」

「浅草のほうと言ってましたけど」

「浅草か。で、与之助に金を渡したか」

「はい」

「いくらだ？」

「十両。商売のことでどうしても十両いるので貸してもらいたいというので」

「いつだ？」

「ゆうべです」

「ゆうべだって」

辰三が素《す》っ頓狂《とんきょう》な声を上げた。おすみが不思議そうな顔をした。

「十両、渡したことに間違いないのか」

「ええ、間違いありません」

自身番に連れて来たとき、与之助は金など持っていなかった。では、あの賊は与之助の命を狙ったのではなく、懐の十両を奪うことが目的だったのか。

もちろん、おすみの話が信用出来るとしてのことだが……。

おすみの話がほんとうなら、十両はどこに行ったのか。賊が奪ったのか。あの短い時間で奪うことは出来ただろうか。

与之助がどこかに隠したのだとしたら……。

「あの、吉次さんはほんとうにそんな男だったのですか」

「可哀そうだが、そのとおりだ」

「そんな……」

おすみは畳に手をつき、嗚咽を漏らした。やっと、事態を悟ったようだ。

急におすみが一遍に老け込んだように思えた。

その後、幾つかを確かめてから、伊十郎と辰三は外に出た。

貞吉は近寄って来て、

「誰も現れませんでした」

と、言った。

「旦那。与之助の野郎、嘘をついていたんですね」

辰三が腹立たしげに言う。

「与之助は十両を持っていなかった。嘘をついているのが与之助か、おすみか」

「へえ。おすみの言うことが正しいとすると、十両はどこに行ったんでしょうか」

「ゆうべ、与之助を捕らえたあと、何か不審な動きはなかったか」

「与之助にですかえ。いえ、特には」

辰三は首を横に振った。

「おまえと与之助は五条天神の垣の傍《そば》にふたりでいたな」

「ええ、往来の真ん中にいるわけにはいきませんからね。それが、何か」

「境内の植込みに何かを投げ入れた形跡はなかったか」

「いえ。でも、旦那が戻って来たとき、境内の奥のほうに目をやってました。そのとき、巾着を隠すことが出来たかもしれません」

ちくしょうと、辰三は吐き捨てた。

「いや、まだそうだと決まったわけではない」

「与之助が気になることと言っていたのは隠した十両のことだったんじゃないですかえ。ちゃんと隠したわけじゃありません。明るくなったら、誰かに見つかってしまうかもしれない。だから焦っていたんじゃ」

「うむ。そうかもしれないが」

伊十郎にはいまひとつ腑に落ちなかった。

念のために五条天神の裏手に行った。辰三は与之助を押さえつけていた場所に立った。裏口の垣のそばだ。

今見回しても、財布など見つかるはずはないが、

「浅草界隈に当たって与之助の行方を探してみましょうか」

「いや。与之助は本郷の後家の家だと言っていた。いずれも漠然とし過ぎている。それに、与之助がどこまでほんとうのことを話したかどうかもわからない」

「へい」

「まず、おすみのほうを調べるんだ。大西屋のこともな」

「承知しました。貞、行くぜ」

麴町に向かう辰三たちと別れ、伊十郎は南に足を向けた。

四

その日の夜、八丁堀の屋敷に辰三がやって来た。

伊十郎は濡縁に出て、庭先に立った辰三から話を聞いた。

「まず、大西屋ですが、やはり中風《ちゅうぶ》で寝たきりでした。今年の夏ごろからおすみのところには行っていないそうです」

おすみの家に空き巣が入ったという口実で、大西屋に会って来たと辰三は言った。

「手当てはどうしているのだ？」

「ちゃんと届けているそうです。身寄りのない女だから、生きている間はなんとかしてやりたいと言ってました。まったく、いい旦那でした」

「そうか。で、与之助のことに気づいている様子は？」

「ありません。それよか、もし、好きな男が出来たらいっしょにしてやりたいとも言ってました。上辺《うわべ》だけのことではないようです」

「手当ては誰が届けているのだ？」

「竹吉《たけきち》という手代だそうです。会って来ましたが、真面目そうな男でした」

「どうやら、大西屋の線はなさそうだな」

大西屋がおすみの様子を探らせていたという考えは否定出来そうだ。仮に、与之助のことに気づいていたとしても、もはや大西屋はおすみのところに行くことはないだろうし、おすみと出来た与之助を殺そうとするほどの気力があるとは思えない。それより、手当てを打ち切ったほうがはるかにこらしめとして効き目があるのではないか。

「おすみが与之助の甘言に乗ったことは一概に責められねえと思います」

辰三はおすみに同情的だった。

「おすみは、性悪女ではなかったのだな」

「ええ。病気の母親を抱えていたので、やむなく大西屋の世話を受けるようになったそうです。近所でも、評判はいいです。母親は去年亡くなっています」

「やはり、おすみの言うことのほうが信じられるか」

「へえ。やはり、与之助はおすみに出させた十両を持っていたんですぜ。それを、あっしらに見つからないように五条天神の垣の中に放り込んだに違いありませんん」

「そうであろう」

伊十郎は頷いた。

「それにしても、与之助を襲った男は何者なのでしょうか」

「明らかに、与之助を待ち伏せていたのだ。与之助があの道を通ることを知っていた。いや……」

伊十郎はおすみの言葉を思いだした。与之助はひとと会うと言っていたという。

「与之助は誰かと待ち合わせていたんだ。そこに向かう途中だったのではないか」

「なるほど。だれでしょうか」

「わからねえ。だが、あの時刻からして、与之助が向かったのは五条天神からそう遠くないところだ」

すでに四つ（午後十時）近かった。町木戸の閉まるまでに辿り着くつもりだったのではないか。

「あの先に与之助の住まいか、会う約束をした相手の住まいがあったと考えられるが、それにしては時間が遅い。もしかしたら、娼家《しょうか》か」

五条天神の裏手に岡場所がある。そこに与之助の行きつけの娼家があった。ゆうべはそこに行くつもりだったのか。

「これから行くにはちと遅いか」

五つをだいぶ過ぎていた。それに、娼家も書き入れ時だろう。

「でも、旦那」

辰三が口をはさんだ。

「与之助は女に不自由はしねえはずですぜ。そんな男が場末の岡場所に行くんでしょうかねえ」

「確かにもっともな理屈だ。だが、襲う方の立場になって考えてみろ。待ち伏せするなら、目的地の近くのほうが確実だ。途中での待ち伏せは道を違えられたらおしまいだ」

「へえ」

「だとすれば五条天神の近くに目的地があったと考えるべきだろう。夜の遅い時間からして娼家だ。確かに、辰三の言うように与之助は岡場所に行く必要はない。だが、ふつうに考えれば、娼家だ」

「わかりやした。明日、当たってみます」

辰三は納得したように言った。

翌日、五条天神の近くまで来たとき、下谷一丁目の町役人《ちょう》が伊十郎を見つけ、

「井原さま。たいへんでございます。男が死んでおります」

と、口をわななかせて訴えた。

「案内してくれ」

伊十郎と辰三は町役人のあとに従った。

現場は寺と寺の間の原っぱで、銀杏《いちょう》の樹《き》の下に男が倒れていた。

「旦那。これは……」

辰三がほっとしたように言った。

「与之助ではなかった」

伊十郎はため息を漏らした。

鋭い顔をした男だ。顎に切り傷がある。堅気とは思えなかった。

手を合わせ、亡骸《なきがら》を検《あらた》める。

後頭部から血が流れている。何かで殴られている。次に、胸をはだける。胸が大きく陥没していた。さらに、腹部と脾腹《ひばら》に打ち傷があった。

どうやら、棍棒《こんぼう》で殴られたようだ。顔や手首にも傷がある。争った跡だ。まだ

死後硬直はそれほど強くない。死んでからまだそんなに時間は経っていない。死後、一刻（二時間）から二刻（四時間）か。明け方に、殺されたようだ。

伊十郎は男の肩を見た。青い痣《あざ》が出来ていた。

「こいつは……」

伊十郎は痣のもとに気がついた。

「旦那。その痣が何か」

辰三がきいた。

「俺が投げた十手の跡だ」

「えっ。じゃあ、この男は一昨日、与之助に襲いかかった奴ですかえ」

「間違いない」

伊十郎は五条天神から逃げて行った男を思い出してみた。頬かぶりをしていたが、体つきは似ていた。

「じゃあ、やったのは与之助」

「おそらくな」

「いったい、この男は何のために与之助を襲おうとしたんでしょうか」

「うむ」

そこに、この界隈を縄張りにする岡っ引きの利三《としぞう》がやって来た。四十近い白髪の目立つ男だ。

「これは井原の旦那で。辰三もいっしょか」

「利三親分。じつは別の用事でこっちにやって来て、この死体に出くわしたんだ」

「そうですかえ」

「利三。この男に見覚えはあるか」

伊十郎はきいた。

「へい、ちょっくら」

利三は死体の顔を覗き込んだ。

「こいつは……」

利三は首を傾げた。

「知っているのか」

「さだかではありませんが、念仏三兄弟《ねんぶつさんきょうだい》のひとりだったと」

「念仏三兄弟？」

「へえ。昔、あっしが浅草奥山の盛り場をうろついていたころに何度か見かけたことがあります。一太《いった》、次郎《じろう》、三吉《さんきち》っていう凶悪な兄弟でした。その末弟の三吉って男に似ています」

利三は浅草、山谷《さんや》界隈の地回りで、ゆすりたかりで世過ぎをしてきた男だ。

「念仏三兄弟か。いまはどうしているか知らないか」

「とうに浅草から姿を消してました。噂じゃ、深川にいると聞いたことがあります」

「深川か」

与之助はその三兄弟に命を狙われていた。いったい、何をしたのか。

「辰三。一昨日のことを話してやれ」

「へい」

辰三は利三に向かって経緯を語りはじめた。

伊十郎は改めて辺りを見回した。ここはひとが通る場所ではない。おそらく、ふたりでここにやって来たのだろう。

そこで、与之助と三吉は格闘になったのだ。いや、非力と思える与之助が相手を殺しているところをみると、与之助のほうが隙をついて三吉に襲いかかったのかもしれない。

ゆうべ、与之助は目的の娼家にもう一度行ったのだ。そして、一夜を明かし、今朝引き上げた。だが、そこに三吉が待っていた。そこで、与之助は三吉をここまで誘《おび》き出して反対に襲いかかったのではないか。

「そういうことだったんですかえ。きのうの朝、井原の旦那が捕まえた男が自身番から逃げ出したと聞きましたが……」

利三の声が耳に飛び込んだ。

「そうだ。与之助という男だ。女たらしの男だが、深川永代寺門前仲町にある『花まさ』の女中おさきを連れて姿を晦ましたままだった」

「そうですかえ。及ばずながら、あっしもお力にならさせてください」

「利三親分。力強い限りだ」

辰三がすぐに応じた。

「利三。この近くの娼家に与之助の馴染みの女がいるのではないかと睨《にら》んでいるのだ。まず、それを探りたい」

「へい、わかりやした」

ホトケを奉行所まで運ぶ手筈《てはず》を整えてから、伊十郎は利三とともに娼家をまわった。その間、辰三と貞吉は目撃者探しに当たったった。

三軒目の『梅家』という娼家で、ようやく手応《てごた》えがあった。

「そのお客さんなら、おしまさんの客です」

小肥《こぶと》りの女将が応じた。

「きのうは来たか」

利三がきく。

「はい。いらっしゃいました」

「で、帰ったのは？」

「明け方です」

おそらく、用心して朝早く引き上げたのだろう。しかし、三吉は待ち伏せていたのだ。

「そのお客さんがどうかなさったのですか」

「殺しの疑いがかかっている」

「ひぇえ。殺しの疑いですって」

女将は腰を抜かさんばかりに驚いた。

「おしまに会わせてもらいたい」

伊十郎は頼んだ。

「いま、寝ていると思いますが、よございます。起こして参ります」

女将は立ち上がった。

奥に向かい、しばらくして戻って来た。

「いま、まいります。どうぞ、こちらに」

女将は内所に招いた。こっちが何をきくのか、知りたいのだろう。

刀を腰から外し、右手に持ち替えて、内所に入った。長火鉢で鉄瓶が湯気を噴いていた。刀掛けがあるのは侍の客の刀を預かるのであろう。押入れの上に縁起棚がある。

女将は長火鉢の前に座った。

しばらくして、木綿《もめん》の赤っぽい着物で顔色の悪い女がやって来た。

「おしまです」

三十過ぎに見えるが、もう少し若いかもしれない。目鼻だちの整った顔で、若い頃は美しかったろうと思わせる。

「与之助という男を知っているな」

伊十郎は切り出した。

「はい。私のお客さまです」

おしまは警戒気味に答える。

「いつから、ここに?」

「三カ月ほど前です」

「どういうきっかけで与之助はおまえを敵娼《あいかた》に選んだのだ?」

「さあ。たまたまだと思います」

「昨夜、来たな?」

「はい。お見えになりました」

「そのとき、十両を持っていなかったか」

「いえ」

一瞬、おしまの目が泳いだような気がした。長火鉢の前から、女将がおしまを睨んでいた。

「気づかなかったか」

「はい」

「与之助が誰かに狙われているようなことを言っていなかったか」

「狙われる?」

おしまの顔色が変わった。

「そういえば」

「うむ。なんでもいい。申してみよ」

「はい。昨夜来たとき、ずいぶん外を気にしていました。二階の窓から外の様子を窺っていました」

「そのとき、何か言っていたか」

「はい。どうしたんですかってきいたら、変な奴がいたからと言ってました。それだけです」

「今朝、引き上げたのは何時《なんどき》だ？」

「夜明けと同時にここを出ました」

「いつも、そんな早い時間に引き上げるのか」

「いえ。今朝はいつもと違って」

おしまは真剣な眼差《まなざ》しになってきいた。

「与之助さんがどうかなさったのですか」

「近くの寺の裏手で、男が殺された。与之助を尾行《つけ》ていた男だ」

伊十郎が言うと、おしまは目を見開き、茫然《ぼうぜん》とした。

「おそらく、与之助が変な奴と言っていた男だろう。もう少し、何か思いださないか。その変な奴のことで」

「いえ」

「そうか」

女将が好奇心に満ちた目で聞いている。伊十郎は女将に顔を向けた。

「女将は何か気づかなかったか」

「いえ。何も」

「もし、何か思いだしたことがあったら、なんでもいい。知らせてくれ。もちろん、与之助が来たら知らせるんだ」

伊十郎は女将とおしまに言った。

「わかりました」

女将は答えたが、おしまは黙って頷いただけだった。

伊十郎が立ち上がると、利三がふたりに声をかけた。

「邪魔したな。また、ききに来ることがあるかもしれない。そんときはまたよろしくな」

「ほんとうに、あのお客さんが殺したんですか」

女将も追いかけてきていた。

「おそらくな」

利三が答えた。

「あっ」

女将が叫んだ。

「どうした？」

利三が振り返った。

「いえ、心張《しんば》り棒がないんですよ」

「なに、心張り棒が？」

「与之助だ」

与之助が持って行ったのだと、伊十郎は思った。

外に出てから、伊十郎は利三に言った。

「おしまのことを詳しく調べてもらいたい。『梅家』に来る前はどこで何をしていたのかを」

「わかりやした。女将と女衒《ぜげん》に当たってみます」

利三は腕利きらしい自信に満ちた顔つきで答えた。

下谷一丁目の自身番の前で、辰三と貞吉が待っていた。

「棒手振《ぼてふ》りの豆腐屋が寺のほうに向かう男を見てました。どうやら、先に与之助らしき男が行き、そのあとを三吉がついて行ったようです」

「やはり、与之助は誘い込んだのだ」

腕力で劣る与之助は『梅家』から心張り棒を持ち出し、三吉を誘い込んで殴り掛かったに違いない。

「現場からそれほど離れていない場所に心張り棒が捨ててあるはずだ」

「心張り棒ですね」

貞吉が言うや、現場に走って行った。

「問題は、なぜ、三吉が与之助を襲ったかだ。ふたりの間に何かあったのか。それとも、三吉は誰かに頼まれたのか」

伊十郎はふと考え込んだ。

おすみに近づいたり、『梅家』の娼妓《しょうぎ》のところに通ったりと、与之助におさきの影がないように思える。

「こいつは、改めておさきのことから調べ直す必要があるかもしれぬな」

伊十郎が言ったとき、貞吉が棒を手に戻って来た。

「ありました」

心張り棒だ。伊十郎は受け取って、棒の先を見た。血がこびりついていた。

「これで殴ったんですね」

辰三が口許を尖らせて言った。

「『梅家』を出るときから秘策を練っていたのだろう」

「与之助の奴。優男《やさおとこ》だと思っていたが、案外と残忍なところがあるようですね」

「それだけ、殺されるかもしれないと追い詰められていたのだろう。つまり、与之助は自分が誰に狙われているか気づいていたに違いない。やはり、三吉は誰かに頼まれたと考えるべきだろう」

殺されたのが念仏三兄弟の末弟三吉、下手人は与之助と明らかになりながら、その背後にあるものの正体はまるでわからない。

第三章　女の行方

一

　朝は冷えていたが、陽《ひ》が上るにしたがい暖かくなり、風もなく穏やかな陽気だ。それでも大気が冷えて澄んでいるせいか、永代橋から富士がいつもよりくっきり見えた。

　江戸湾に大きな船の帆がいくつも見える。百合とはこのような美しい風景をいっしょに眺めたことはない。先日は、我が屋敷で酒を酌み交わすことが出来た。次は、百合を誘って、どこかへ行ってみよう。そう思いながら、伊十郎は永代橋を渡った。辰三と貞吉も付いて来る。

　大川の河口付近にある深川熊井町《くまいちょう》に足を踏み入れ、町外れにある一膳飯屋に行った。昼時には間があり、まだ暖簾《のれん》は出ていない。

だが、戸は開いた。

「ごめんくださいな。磯六《いそろく》親分はいらっしゃいますかえ」

辰三が奥に向かって呼びかけた。

ここは、この界隈《かいわい》を縄張りとしている岡っ引きの磯六の家だ。かみさんが一膳飯屋をやっている。

奥から、かみさんが出て来た。

「おや、辰三さん。あら、井原の旦那」

「磯六親分、いますかえ」

「ええ、きょうはまだおります。どうぞ」

かみさんは中に招じてくれた。

勝手口から庭に出た。磯六は縁側で待っていた。たばこをくゆらせていたらしく、煙草盆《たばこぼん》に煙管《きせる》が置いてあった。背を丸めている磯六の姿が晩年の茂助《もすけ》を思いださせた。

辰三の前に手札を与えていたのが佐平次で、その前に手先だったのが茂助だ。腕っこきの岡っ引きだった。いまは娘の嫁ぎ先である浅草花川戸町《はなかわどちょう》の足袋《たび》屋で余生を送っている。

「井原の旦那。何か」

磯六が畏《かしこ》まってきいた。

「下谷で念仏三兄弟の末弟の三吉が殺された。下手人が与之助だ」

伊十郎は切り出した。

「それはほんとうですかえ」

磯六は伊十郎と辰三の顔を交互に見た。

「磯六親分。こういうわけだ」

辰三が経緯を話した。

磯六は四十半ばを過ぎている。

「そうだったんですかえ」

辰三の話を聞き終えて、磯六は大きくため息をついた。

「念仏三兄弟については知っているか」

伊十郎は口をはさんだ。

「へえ、ここんとこおとなしくしていますが、ひところは門前仲町を大きな顔で闊歩《かっぽ》してましたぜ。まさか、与之助が三吉をねえ」

信じられないという顔つきで、磯六が呟《つぶや》く。

「三吉の兄弟の居場所を知らないか」

「半年前までは、冬木町《ふゆきちょう》の一軒家に住んでいましたが、いまはそこも引っ越しているはずです」

「その後、与之助とおさきの行方《ゆくえ》の手掛かりは何もないのか」

「へえ、まったくありません。与之助のことだから、おさきに飽きたら屑《くず》のように捨てるだけじゃねえ。岡場所に売り飛ばしたりしてねえかとあちこちの娼家を訪ねてみましたが、おさきはいませんでした」

　磯六は面目なさそうに答えた。

「『花まさ』の女将《おかみ》から、おさきのことを聞き出したい。案内してもらえぬか」

「よございます。すぐ支度をしますから」

　そう言い、磯六は立ち上がった。


　磯六の案内で、永代寺門前仲町に向かった。一ノ鳥居の付近から人出も多くなり、永代寺に近づくと、さらに賑《にぎ》やかだった。門前仲町の大島川のほとりに料理屋『花まさ』があった。

　磯六は裏口から入った。そろそろ、昼時で、書き入れ時になる。町方が表から顔を出しては客が入りにくかろうという配慮からだ。

女中に取り次ぎを頼むと、やがて小粋《こいき》な感じの女将がやって来た。

「親分さん。おさきの行方がわかったのでしょうか」

「いや。残念ながら、まだだ。じつは、井原さまが、おさきと与之助が行方を晦《くら》ましたときのことを聞きたいそうだ」

「これは、井原の旦那」

女将は伊十郎と辰三に挨拶《あいさつ》した。

「さっそくだが、教えてもらおう。おさきの行方がわからなくなったのは半年前の四月だったな?」

伊十郎は切り出した。

「はい。そうです。最後の日は、おさきはお店が終わったあと、あわただしく帰って行ったんです。その翌日から、おさきは店に現れなかったんです。長屋に行っても留守だし、おかしいと思いましたが、何かの事情でどこかに出かけているのかもしれないと思いました」

「何かの事情というのは間夫《まぶ》といっしょではないかと思ったのだな」

「そうです。おさきに間夫がいるらしいことはわかっていました」

「どうして、わかったのだ？」

「おさきは男の客に人気があり、おさき目当てにやって来るお客さんも多く、誘いも多かったのです。でも、おさきはどなたの誘いにも乗りませんでした。それに、私も一度、間夫らしい男がお店の外で待っていたのを見ています。顔はわかりませんでしたが」

「間夫が誰かはわからなかったのだな」

「はい。ですから、二、三日したら帰って来るだろうと思ってたんです。ところが五日を過ぎても、おさきは長屋に帰って来ません。そしたら、同じ長屋に住む与之助さんも行方知れずになっているとわかり、ふたりが示し合わせて姿を晦ましたのではないかということになって」

「その時点で、はじめて町《ちょう》役人に訴えたというわけだな」

「さようでございます」

「当時、おさきには姿を晦まさなければならないわけでもあったのか」

「いえ。そんなものはなかったはずです」

「では、どうして姿を晦ましたと思ったのだ？」

「与之助さんは色男ですし、誘惑されたのではないかと思いました」

「どうして、そう思ったのだ?」

「与之助さんはうちにもよく来ていました。おさきがいつも相手をしていました。同じ長屋の誼《よしみ》ということもあったのでしょうが」

「外で、ふたりがいっしょのところを見た者はいるのか」

「いいえ、おりません。誰も、おさきの相手の男の顔を見たものはいませんでした」

「ふたりで姿を晦ましたのは、与之助のほうの事情からだと思っているのだな」

「はい。そうとしか考えられません。おさきは目が眩《くら》んでしまって、何も考えられず与之助さんについて行ってしまったのではないでしょうか」

「おさきはどこの出身なのだ?」

「もともと深川の人間です。ふた親を早くに亡くし、十五歳くらいからうちで住み込みで働いていました」

「ひとり住まいをはじめたのはいつからだ?」

「二十歳になってからです。それから、通いで働くようになったのです。通いになっても、身寄りのない娘ですから、私どもが親代わりになっていました」

「だから、行方不明の探索願いも、そなたが出したのだな」

「はい。ほんとうにどこに行ったのやら」

　女将は沈んだ顔で言う。

「その後、まったく手掛かりはないのか」

「はい、ありません。ただ、いつぞや、お客さまが芝のほうで、おさきによく似た女を見かけたと仰《おつしや》っていましたが、他人の空似だったかもしれないと付け加えていました」

「与之助の行方もわからないのだな」

「はい。深川を出たきり、戻って来ていないようです」

「よし。また、ききに来るかもしれない」

「旦那。早く、おさきを見つけ出してください。与之助さんは女たらしという評判の男です。いずれ、屑みたいに捨てられてしまうんじゃないかって、そんな心配ばかりしているんです」

「うむ。必ず、見つけ出す」

　伊十郎はそう言って、女将と別れた。

「女将の心配が当たっているんじゃないですかねえ」

　大島川沿いを歩きながら、辰三が暗い顔で言った。

「与之助の動きからは、おさきといっしょに暮らしているようには思えない」

伊十郎も心配した。

「もしかしたら、どこか岡場所に売り飛ばしたりしていませんかねえ」

辰三はやりきれないように言う。

「与之助という男がわからぬな」

伊十郎は正直に言った。

「と、言いますと？」

「与之助は後家や妾《めかけ》専門だ。そのほうが金を巻き上げやすいという理由もあるだろうが、熟《う》れた女に興味を持つ男だ。そんな与之助が、おさきのような若い女に惹《ひ》かれたのだろうか」

「おさきは器量はよかったそうですぜ」

「だが、おさきは金を持っていない」

「そうですが、与之助は好色な男ですからね」

「うむ。そうだな」

伊十郎は自分をもとに考えた。伊十郎も後家や妾のほうが若い女より好みだった。ただ、それも遊びだからだ。後腐れがないという理由もあった。そういう伊十郎とて、百合を見てたちまち心を奪われた。

ただ、百合は二度離縁しており、夫婦生活を経験している女だ。

しかし、おさきは未婚の女だ。それでも、与之助はおさきに惹かれたのだろうか。つまり、本気で好きになった。だが、与之助の様子からは、好いた女といっしょに暮らしているようには思えない。

それより、ふたりはなぜ黙って姿を晦まさなければならなかったのか。理由は与之助にありそうだ。

大島町《おおしまちょう》にやって来た。半年前まで、ここの裏長屋に同じ住人として、おさきと与之助が住んでいたのだ。

磯六が木戸の脇にある大家の家に入って行った。

磯六が声をかけると、好々爺《こうこうや》然とした眉毛《まゆげ》の白い男が現れた。

「これは、親分さん」

「半年前に姿を晦ました与之助とおさきのことについて、井原の旦那がききたいそうだ。もう一度、話してもらおうか」

「はい。なんなりと」

「与之助が姿を晦ましたわけを知らないかえ」

ここでは辰三が切り出した。

「おさきさんを連れて逃げたんじゃありませんか」

大家は目をしょぼつかせて答えた。

「いや。ふたりとも、ひとり身だ。誰に遠慮もいらない者同士。逃げる必要なんてなかったはずだ」

辰三は疑問を口にする。

「そうですな」

「何か、気がついたことはないか。なんでもいい」

伊十郎は口をはさんだ。

「さあ、与之助は女ったらしという評判でしたが、根はいい奴でしたから……」

大家はふと何かを思いだしたようになった。

「そういえば、与之助がいなくなって数日後に、人相のよくない連中がここにやって来たと、源助《げんすけ》が言っていました」

「なに、源助がそんなことを?」

磯六が驚いたようにきいた。源助は一番奥に住む左官屋らしい。

「はい。与之助がしばらく帰っていないと知ると、血相を変えて長屋を飛び出して行ったということです」

「俺には話していなかったではないか」

磯六が文句を言った。

「はい。なにしろ、源助が私に話してくれたのも、ひと月ほど経ったあとでしたから」

「ちっ」

磯六は舌打ちした。

察するに、磯六はあまり熱心にふたりの探索に励んだわけではなさそうだった。

「で、源助はどんな風体《ふうてい》の男だったか何か言っていたか」

磯六がきいた。

「人相のよくない男だったと言っただけです」

「与之助は博打《ばくち》の負け金の取り立てに遇《あ》っていたんでしょうか」

磯六が口許《くちもと》をひん曲げた。

「それが深川から逃げた理由か。磯六。念のために、賭場《とば》を当たって、そのような事実があったか調べてくれ」

「へい。畏まりました」

大家の家を出てから、伊十郎たちは磯六と別れた。

「磯六の奴。あまり、熱心じゃなかったようだ。いや、もう以前のような気力がないのかもしれねえな」

伊十郎は苦い顔をした。

「ええ。老け込むには早いんですが。ひと探しなどとばかにしていたとは思えませんが」

「しかし、長屋に現れたのは念仏三兄弟だと思える。与之助から負け金を取り立てるために、博徒の親分が遣わしたのか」

「金が払えず、逃げ出す際に、おさきを誘ったってわけですか。とんでもねえ、野郎だ」

「まあ、そのことは磯六の調べを待つことにしよう。その前に、念仏三兄弟について調べておこう」

「どこで調べるんですかえ」

「深川の裏のことなら恰好《かっこう》の人間がいるではないか」

「あっ、閻魔《えんま》の円蔵《えんぞう》」

辰三がはったと手を打った。が、すぐ気がついたように真顔になり、

「でも、円蔵が関わりのあるのは盗人《ぬすっと》ではないんですかえ」

「なあに。あの手の男はすべてに目を配っているはずだ」

円蔵の人間性からして、盗人だけを相手にして満足している男ではないと、伊十郎は思っている。

閻魔の円蔵とは背中に閻魔の彫物をしているところからそう呼ばれているが、住まいも『深川の閻魔さま』として信仰を集めている閻魔堂がある法乗院《ほうじょういん》の近くにある。

油堀《あぶらぼり》川沿いを閻魔堂橋まで行き、法乗院のほうに曲がる。その裏手に閻魔の円蔵がやっている古物商『最古堂《さいこどう》』があった。

店先に鎧《よろい》や仏像が並んでいる。じつは、円蔵は盗品買いの親玉である。盗品を金に換えたい盗人は品物をここに持って来る。円蔵は盗品を承知で買い上げ、それを金持ちの旦那衆に転売して儲《もう》けているのだ。

伊十郎が店先に向かいかけたとき、中から人品卑《いや》しからぬ武士が出て来た。年の頃なら三十前後。羽織の紋は丸に鷹《たか》の羽。深編笠《ふかあみがさ》を手にしている。そとに、供の者らしい中間《ちゅうげん》が待っていた。旗本だろう。

見送りに出て来た番頭が伊十郎に気づいて声をかけた。

「これは井原さま」

そのとき、相手の武士が伊十郎に顔を向けた。目が鈍く光った。

伊十郎は軽く会釈をし、番頭に声をかけた。

「円蔵はいるか」

「はい。どうぞ」

伊十郎は刀を腰から外して部屋に上がった。

いつもの帳場の奥にある商談に使われる小部屋に通されて待っていると、閻魔の円蔵がやって来た。

「これは、井原さま。いらっしゃいませ」

円蔵は物静かな柔らかい口調で言う。

体は大きいが色白で、口許にあるかないかの笑みを湛《たた》えている。穏やかな顔だちで、この男の背中に閻魔の彫物があるとは信じられない。が、ときおり、見せる眼光の鋭さに、ただ者ではない凄味《すごみ》があった。

「いま出て行った武士はどなただ？　別に隠し立てするようなことではあるまい」

伊十郎はきいた。

「はい。直参《じきさん》旗本の村上彦一郎《むらかみひこいちろう》さまでございます」

「村上彦一郎……。して、どのような用で？」

「茶器の掘り出し物をお探しでございました。あいにく、私どもにはお望みのものはございません。諦《あきら》めて、お引き上げになられました」

あっさり答えたが、円蔵の言葉はそのまま素直に聞き入れられない。

「まさか、望みの品物を誰かに盗ませるのではあるまいな」

伊十郎は鋭くきいた。

「滅相もない。そのようなことはいたしませぬ」

円蔵は笑いながら否定した。

「井原さま。きょうのご用向きは？」

「念仏三兄弟のことを知りたい」

「はて。聞いたことがございませぬが」

「円蔵。隠しても無駄だ。念仏三兄弟はひところ、深川の盛り場をうろついていた。ならば、当然、そなたの耳に入っているはず。それを隠すとは、かえって疑わしく思える。どうだ？」

「恐れ入ります。確かに、名前を聞いたことはあります。しかし、調べさせましたが、たいしたことのない連中とわかり、そのままにしてあります。ですから、知らないと申し上げたのでございます」

「ほんとうに知らないのか」

「はい」

「三兄弟の末弟の三吉が死体で見つかった」

円蔵の太い眉《まゆ》がぴくりと動いた。

「下手人は、与之助という男だ」

「恐ろしいお話で」

「いまの話に心当たりはないか」

「はい。ありませぬ」

「そうか。ないか。そなたのことだ。当然、耳に入っていると思ったのだが」

「井原さまは私を買いかぶっておられます。私は一介の古物商。何もわかりません」

「いやいや、わざわざ旗本が訪ねて来る店だ。そんじょそこらの古物商とは違うのではないか」

「いえいえ、決して」

円蔵は手を横に振った。

「まあ、いい。きょうのところはこれで引き上げよう」

伊十郎は腰を浮かせた。

「お役に立てませんで」

「なあに、そうでもない。おまえと念仏三兄弟の間で何かあったようだとわかっただけでも来た甲斐《かい》があった」

円蔵が渋い顔をした。

伊十郎は外に出た。

さっきまでの澄んだ空に染みのように黒い雲がいくつか浮かんでいた。風も出て来た。天気が変わるのか。

表通りに出て、法乗院の前を閻魔堂橋に向かいかけたとき、茶店の縁台《えんだい》に腰を下ろしていた深編笠の武士が立ち上がって近づいて来た。

「さきほどは失礼した」

武士は笠をはずした。円蔵の店で出会った武士だ。直参旗本の村上彦一郎だ。

「井原どのですな」

「さようでございます」

「これも何かの縁。よろしければ、少しお話がしたいが」

村上彦一郎は伊十郎を待っていたようだ。

「わかりました」

伊十郎は辰三と貞吉に顔を向けた。

「与之助が博打にのめり込んでいたかどうか調べてくれ。夕方に、『おせん』で落ち合おう」

「わかりやした」

辰三が弾んだ声で応じた。

ふたりが去ってから、伊十郎は改めて村上彦一郎と向かい合った。

「かたじけない。では、この奥に入ろう」

彦一郎はいままで縁台に座っていた茶店の奥に入って行った。なぜ、俺を待っていたのか、そのことを考えながら伊十郎はあとにしたがった。

二

すでに部屋を頼んでいたようだ。必ず、伊十郎がつきあうことを見越していたようだ。

「どうぞ、こちらでございます」

亭主の案内で、伊十郎と村上彦一郎は庭に面した小部屋に通された。簡単な造りの店なので、隣の話し声は聞こえて来るが、小声なら聞かれないだろう。

もっとも、彦一郎と他人に聞かれてまずい話になるとは思えない。

差し向かいになって、改めて伊十郎は名乗った。

「北町奉行所同心の井原伊十郎です」

「直参の村上彦一郎と申す」

いったい、彦一郎が何のために伊十郎を待っていたのか。そのことをさっきから考えていたが、答えは見つからない。

円蔵の店を訪れたわけと関係があるのか。

やって来た女中に、彦一郎は酒を頼んだ。

「なぜ、私を待っていらしたのでしょうか」

女中が下がってから、伊十郎はきいた。

「そなたが噂《うわさ》に聞く井原伊十郎どのと知って、ぜひお話をしてみたかったのだ」

「噂？　どのような噂でございますか」

「それはおいおいと」

彦一郎は答を先に延ばした。

「『最古堂』にはどのような用事で？」

「茶器を探してな。いい出物がないかと思って寄ってみた」

「失礼ですが、村上さまのお屋敷はどちらでございますか」

「小川町《おがわまち》だ」

「小川町からわざわざこちらまででございますか」

「さよう」

「どうして、『最古堂』をお知りになったのでございましょうか」

「同心というのは、そうやって、矢継ぎ早に問いかけていくものなのか」

彦一郎は苦笑した。

「失礼しました。村上さまと『最古堂』が結びつかなかったもので」

あわてて、伊十郎は弁解をした。

「お待ちどおさまです」

女中が酒を運んで来た。

「あとはやるからよい」

彦一郎は女中を下がらせてから、

「勝手にやろう」

と、徳利《とっくり》を摑《つか》んだ。

いったい、どんな魂胆があるのかと、伊十郎は考えた。伊十郎が『最古堂』を訪れた理由が気になっているのだろうか。その可能性は十分にある。

わざわざ、小川町の屋敷から『最古堂』までやって来たのは、どこかから評判を聞きつけてやって来たのではないか。

盗品を買ってくれるという評判ではないはずだ。彦一郎が盗みを働くとは思えない。だとしたら、もうひとつの、欲しいものが手にはいるという評判ではないか。

彦一郎は茶器を求めに来たと言った。おそらく、『最古堂』にはないはずだ。だが、『最古堂』の円蔵に頼めば、やがて手に入る。

なぜなら、円蔵は盗人たちに号令をかけるからだ。これこれこういった銘の茶器を持って来たら高額で買い入れると。それは、最後には村上彦一郎の手に渡る。

当然、彦一郎は不法な手段で手に入れることは承知していて『最古堂』を訪れた。ところが『最古堂』に奉行所の同心がやって来た。いったい、どんな目的でやって来たのか、気になり、伊十郎を待っていたのではないか。

「井原どの。何を考えているのだ。私が井原どのを呼び止めたわけか」

彦一郎がきいた。

「はい。そのとおりでございます。それと、さきほどの件」

「さきほどの件？」

「お忘れですか。私の噂です。いったい、どのような噂か。それより、どこでお聞きになられたものなのか」

伊十郎は迫るようにきいた。

彦一郎は手酌で酒を注《つ》ぎ、口に運んだ。

「そのことは次回の楽しみとしよう」

盃を口から離して、彦一郎は言った。

「次回？　また、あなたさまとお目にかかる機会があるということですか」

「そのような機会があればのことだ」

「なぜでございますか」

「まあ、井原どのも呑《の》まれたらいかがか」

腰を折るように、彦一郎は酒を勧め、

「今度はこっちから訊《たず》ねたい。井原どのは『最古堂』にどのような用で行かれたのか」

「きょうは、ある人物のことで」

「ほう、その人物とは？」

「裏の世界の人間です」

「裏の世界？」

「『最古堂』の主人円蔵は裏の世界の人間と通じております。出来れば、村上さまは『最古堂』とあまり関わらないほうが賢明かと存じます」

「危ない人間なのか」

「はい」

「では、なぜ、取り締まらぬ？　なぜ、捕まえぬのだ？」

「円蔵は尻尾《しっぽ》をつかませませぬ。が、それより、我ら、あの男を重宝していることもあります。まあ、持ちつ持たれつの関係ということになりましょうか」

「なるほど。そういうわけか」

うむと、彦一郎は考え込んだ。

「察するに、村上さまは『最古堂』に頼めば、欲しいものが手に入る可能性があると聞いてきたのではありませぬか」

「そうだ。各地にある同業者に連絡し、品物を探す手づるがあると聞いた。だから、思い切って訪ねたのだ」

「どういう手づるか、おわかりでしょうか」

彦一郎は眉根を寄せた。

「いや。だが、聞かないでおこう。聞けば、『最古堂』に足を運べぬようになる」

そう言い、盃を口に運んだ。

「聞かずとも、運ばれませぬように」

「うむ」

彦一郎は難しい顔で口をつぐんだ。

「失礼ですが、『最古堂』のことはどなたからお聞きになったのでございましょうか」

「さる大店《おおだな》の主人だ。この男も骨董《こっとう》に目がない。名は言えぬ。『最古堂』が怪しい店だとしたら、そこに出入りしている者も疑いの目で見られてしまいそうだからな」

しばらく黙って酒を呑んでから、伊十郎は口を開いた。

「村上さま。どうも合点が行きませぬ」

「合点がいかぬ？」

盃を口に運ぶ手を止めて、彦一郎がきいた。

「はい。なぜ、私を待っていたのか。『最古堂』に対する私の出方を知りたいがためと思っていましたが、どうやら違うように思えます」

「そうか」

彦一郎は口許を歪《ゆが》めた。

「教えてください。私の噂のことでございますね」

「さっきも言ったように、また会う機会があれば話す」

彦一郎は盃をいっきに空けた。

「私はもうしばらくいる。先に引き上げられよ」

「わかりました」

伊十郎が財布を出すと、

「よい。私が誘ったのだ」

「でも」

「構わん」

「では、お言葉に甘えて。失礼いたします」

「うむ。待て」

彦一郎が引き止めた。

「何か」

「私のことは、高木どのが知っていよう。きくがよい」

「高木？　高木文左衛門さまのことですか」

「そうだ」

そう言ったきり、あとは黙って酒を呑み続けた。

「失礼します」

伊十郎は一礼した。

部屋を出るとき、彦一郎の顔を見ると、どこか寂しげに見えた。その姿がなぜか脳裏に焼きつき、永代橋に差しかかっても、まだ彦一郎のことを考えていた。


夕方に、伊十郎は『おせん』に行った。

すでに、辰三と貞吉が来ていて、茶を飲んでいた。

「先にやっていればよいものを」

伊十郎は苦笑した。

「そうは行きません」

辰三は真顔で言う。

「旦那。いらっしゃい」

おせんがやって来た。

「酒をもらおう」

「はい」

おせんが下がるのを待って、辰三は顔を寄せた。

「与之助と関わった後家や妾にきいてみたんですが、誰も博打のことは知りませ
ん。それよりか、俺は博才がないから賭場には行かないと言っていたそうです。

たぶん、磯六親分が賭場を調べてますが、与之助が出入りをしていた形跡は摑め
ないと思いますぜ」

「博打ではないな」

なにから、与之助は逃げ出したのか。

「どうも妙だ」

伊十郎は首をひねった。

「与之助は深川から逃げたあと、本郷の後家の家に厄介になっていたと言ったな」

「へい」

「もし、与之助の言うことが真実なら、おさきはどうしたんだ？　おさきもいっしょに後家の家に厄介になっていたわけではあるまい」

「本郷の後家の話が嘘なんじゃないですかえ」

「そうかもしれぬ。だが、案外ほんとうだったとも思える」

あのときの与之助の訴えには嘘と思えぬ真剣味があった。もし、訴えがほんとうだとすると……。

「与之助とおさきがいっしょに逃げたというのはほんとうだろうか」

伊十郎は疑問を口にした。

「どういうことですかえ」

辰三がきいたとき、おせんが酒を運んで来た。

「さあ、旦那。どうぞ」

おせんが伊十郎の盃に酒を注ぎ、続いて辰三にも徳利を向けた。辰三はうれしそうに盃を差し出した。

辰三は酒を呑み干してからきいた。

「旦那。与之助とおさきの失踪《しっそう》は別だとでも？」

「うむ。ふたりが出来ていた証《あかし》でもあったか。誰も、おさきの間夫の顔を見たものはいない。それに、前々から不思議に思っていたのだが、与之助のような男がおさきのような若い女に夢中になるとは思えないのだ」

同じ長屋に住み、与之助は『花まさ』にも上がっていた。ふたりはほぼ同時に姿を晦ました。となれば、ふたりはいっしょに逃げたと他人は思う。だが、それだけだ。それ以外に、ふたりが深い関係にあったことを示すものは何もないのだ。

「するってえと、どういうことなんで？」

「つまり、ふたりが姿を消したのは、それぞれ別の事情からだ」

「別の事情……」

「俺の推測だ。まず、この考えが正しいか確かめる必要がある」

「わかりやした。明日、磯六親分や『花まさ』の連中に当たってみましょう」

辰三は意気込んで言ってから、ふと寂しそうな顔になった。

「それにしても、磯六親分も耄碌《もうろく》したものだ。もう少し、熱心に調べておいてくれたら……」

「いや。単なる男女の問題だと思っていたのだろう。仕方がなかったとも言える」

「へえ」

「ただ、ふたりの失踪が別々だとしたら、おさきはいったいどうしたのだ?」

ふと、目の前を黒いものが過《よぎ》ったように、一瞬不安が掠《かす》めた。


辰三と貞吉と別れ、伊十郎は八丁堀に帰って来た。ちょうど、夜五つ(午後八時)の鐘がなっていた。

まだ、寝るには早い時刻だと思い、伊十郎は自分の屋敷ではなく、高木文左衛門の屋敷に足先を向けた。

昼間会った村上彦一郎という武士が気になるのだ。先方は伊十郎を知っていた。そして、自分のことは高木文左衛門が知っているはずだと言った。わざわざ伊十郎が『最古堂』から引き上げて来るのを待っていたのだ。

玄関の前で訪問を告げると、用人が出て来た。

「高木さまにお目にかかりたいのですが」

伊十郎は酒を呑んでいたが、非礼を顧《かえり》みず、訪問を決めたのだ。この時間、文左衛門も酒を呑んでいることを知っている。

いつものように客間に通されて待っていると、ようやく文左衛門が不機嫌そうな顔でやって来た。

「なんだ、また、百合どののことか」

やはり、文左衛門は目の縁《ふち》を赤く染めている。

「おくつろぎのところを申し訳ございません。百合どのとは別でございます」

「ほう。なんだ？」

「調べていただきたい人物がおります。小川町に屋敷のある旗本の村上彦一郎というお方について……」

「村上彦一郎」

文左衛門は泡を食ったように、

「どうして、そのお方を知っているのだ？」

と、声を震わせてきいた。

「さる場所にてすれ違ったところ、声をかけられました。自分のことは高木さまが知っているとの言葉でした」

「うむ」

文左衛門は唸《うな》った。

「高木さま。どういうお方ですか」

大きくため息をついてから、文左衛門は重たい口を開いた。

「伊十郎。驚くでない。村上彦一郎は百合どのの最初の夫君だ」

「…………」

伊十郎はすぐに声が出せなかった。口を半開きにしたまま、文左衛門を見つめた。

「村上家は五百石の旗本。四年前に、百合どのが嫁がれた御家だ。一年で離縁となったが、その理由はわからん。ただ、あのようにわがままなお方ゆえ、婚家から愛想をつかされたのだということは想像がつく。もっとも、彦一郎どのに妾がいたという噂もあった」

伊十郎は言い返す言葉もまだ見つからない。

「村上どのは、どのようなつもりで、そなたを呼び止めたのであろうか」

文左衛門が呟くように言う。

百合の夫だった男と面と向かっていたのかと思うと、伊十郎は複雑な思いがした。

「村上さまは、その後再婚は？」

「再婚したやに聞いている」

「そうですか」

ふと、寂しそうな顔を思いだした。百合にまだ未練を持っているのではないか。だから、伊十郎を呼び止めたのではないか。

彦一郎は伊十郎に何か言いたかったのか。恨み言か。今度は、そのことが気になった。

「まあ、離縁して何年もなる。気にすることもあるまい」

文左衛門は厳しい表情で、

「どうした？」

と、黙り込んだ伊十郎の顔を覗き込んだ。

「いえ、なんでもありません。どうも、夜分、お騒がせいたしました」

伊十郎は別れの挨拶をして立ち上がった。

「よいか。気にするでない」

文左衛門は同じことを言った。

伊十郎は憂鬱《ゆううつ》な気持ちで暗い道を屋敷に向かった。冷たい夜風が伊十郎の行く手を阻《はば》むように吹いていた。

三

昼前で、まだ店は開いていない。

伊十郎と辰三は、『花まさ』の帳場で、女将と女中頭《がしら》から話を聞いていた。

「すると、おさきには親しくしている男がいたことは間違いないが、それが与之助だとは誰も知らなかったのだな」

辰三がふたりの顔を交互に見た。

「はい。おさきちゃんは生真面目《きまじめ》な娘でしたから、まさか与之助さんと出来ているとは思いもしませんでした」

「ちょっと待て」

伊十郎は女将の返事を遮《さえぎ》った。

「どういうわけで、おさきの相手が与之助だと思ったんだ?」

「はい。磯六親分から、おさきと与之助は出来ていたんじゃないかと聞かされて、まさかと思いましたが、与之助さんのような女たらしには、おさきちゃんを誘惑するのはわけはないのかとも……」

「磯六か」

伊十郎は顔をしかめた。

磯六は、同じ長屋に住み、そしてほぼ同じ時期に姿を晦ましたことで、あっさりふたりを結びつけてしまったのかもしれない。

「おさきを気に入っている客は多かったようだが、その中で特におさきを贔屓《ひいき》にしていた客はいたかえ」

辰三がきいた。

「さあ、たくさんおりましたが、おさきちゃんはお客さまの誘いはいつもうまくかわしていましたから」

「おさきの間夫が客の誰かということはなかったか」

「その可能性もあります。お座敷ではよそよそしく振る舞い、あとで待ち合わせる。そんなつきあいをしていたのかもしれません。もし、そうだとしたら、私どもにはわかりませんから」

女将はやりきれないように首を横に振った。

「つまり、お店の者たちはおさきの相手が与之助だとはまったく気づきもしなかった。そして、そのことを知ったのは、磯六親分に言われて、というわけだな」

「そのとおりです」

「おさきと親しかった女中も、間夫のことは知らなかったのだな」

伊十郎は確かめた。

「はい。誰も磯六親分から聞くまでは、与之助さんだとは思いもしませんでした。だから相手が与之助さんだと知って、皆驚いていたんです」

「そうか。わかった」

問いかけを打ち切って、伊十郎は立ち上がった。

外に出てから、辰三がいまいましげに言う。

「磯六親分が出所みたいですねえ。それで、いつしか、与之助とおさきがいっしょに逃げたということになっちまった」

「もう一度、そのあたりのことを磯六に確かめてみよう」

「へい」

門前仲町から熊井町の磯六の家に行った。だが、磯六は出かけていた。

各町の自身番に寄って、磯六が大島町の与之助が住んでいた長屋に向かったと聞いた。

大島町に向かうと、ちょうど長屋木戸から出て来た磯六と出会った。

「これは井原の旦那」

磯六はぴょこんと頭を下げた。

「確かめたいことがある」

「へい、なんでしょうか」

「磯六が、与之助とおさきがいっしょになって逃げたと言い出したようだが、そのことに間違いはないか」

伊十郎はつい問い詰めるようにきいた。

「へえ、そうですけど。それが何か」

「磯六親分。それははっきりした証があってのことかえ」

「おや、辰三。まるで、俺がいい加減なことを言っているような口振りではないか」

磯六がむっとしたように反撥《はんぱつ》した。

「磯六。事実だけを教えてくれ」

伊十郎はとりなすように言う。

「へい。ふたりがほぼ同じ時期にいなくなっていますし、おさきと与之助がいっしょにいるのを見た人間もいましたからね」

少し不機嫌そうに、磯六は答えた。

「なに、おさきと与之助がいっしょにいるのを見た?」

「そうですぜ。あっしは何も、同じ時期にいなくなったってことだけで、ふたりが出来ていると決めつけたわけじゃありませんぜ」

「誰だ、見た人間というのは?」

「『花まさ』の女中ですよ」

「『花まさ』の女中? 女将はそんなことを言っていなかった」

「へえ。その女中、いまはやめていないみたいですから」

「なに、やめた?」

伊十郎は覚えず大声できき返した。

「なんていう女中だ?」

「確か、おせつ」

磯六が思い出す。

「おせつは何て言ったんだ?」

「お店の帰り、八幡さまの裏手を寄り添うようにして歩いているおさきと与之助を見たと言ってました。そうだ、思い出した。その際、私が話したとわかると、告げ口したみたいでいやだから、内密にして欲しいと頼まれたんだった」

「そうか。よし、『花まさ』に戻ろう」

伊十郎は辰三に言い、門前仲町に向かった。磯六もついて来た。

戻って来た伊十郎に、『花まさ』の女将は不審そうな顔で応対した。

「もう一度、ききたい。ここに、おせつという女中がいたそうだな」

「おせつですか。はい、おりました」

「いつやめたんだ？」

「今年の五月ごろでしょうか」

「五月？　おさきがいなくなって、ひと月後ぐらいか」

「そうでした」

「おせつは、与之助とおさきがいっしょにいるのを見たと俺に話した。そのことを知っているか」

磯六が口を差し挟んできいた。

「おせつがですか。いえ。そんなことは聞いていません」

「他の女中も聞いていないか」

「ええ。聞いていたら、私の耳にも入るはずです」

「おせつは、なぜやめたんだ？」

伊十郎はきいた。

「やくざな間夫の都合だと思います。間夫の言いなりでしたから」

「間夫の名は？」

「何度か、店にも来たことがあります。確か、六蔵とか」

「六蔵？　どんな人相だ？」

「頬骨《ほおぼね》が突き出て怖そうな顔でした。年のころは二十七、八歳でしょうか」

「おせつというのは実の名か」

「いえ、源氏名です」

「名は？」

「およう」

「おようだと」

辰三が脳天から突き出たような声を出した。

「旦那。六蔵とおようって、『和賀屋』の安太郎の？」

「そうだ。あのふたりだ。女将。ここに『和賀屋』の安太郎は来るのか」

「はい。近頃はご無沙汰《ぶさた》ですが、ひところはよく」

「邪魔をした」

伊十郎は『花まさ』を辞去し、佐賀町の六蔵とおようの住まいに急いだ。

長屋木戸を入ると、路地で背負った赤子をあやしている女が驚いたように軒下に逃げた。辰三がおようの住まいの前に立った。

伊十郎はいやな予感がした。辰三は腰高障子を開けた。部屋の中はがらんとしていた。

「逃げたか」

伊十郎は舌打ちした。

「大家を呼んで来てくれ」

「へい」

辰三が土間を出て行ってから、伊十郎も外に行き、赤子をあやしている女にきいた。

「おようと六蔵は引っ越したのか」

「はい。引っ越して行きました」

赤子をあやしながら女は言った。

「引っ越し先はきいていないか」

「はい。聞いてません。なんだか、とてもあわただしく出て行きましたから」

「所帯道具は？」

「道具屋さんが引き取っていきましたよ」

辰三が大家を連れて来た。

「おようは出て行ったそうだが、行き先はきいていないか」

大家にも同じことをきく。

「はい。なんでも、駒込《こまごめ》のほうに行くと言ってました。遠い親戚があるとか」

「六蔵という男もいっしょだな」

「はい」

「所帯道具は道具屋が引き取ったそうだが？」

「さようです。処分を任されたので、私が道具屋を呼びました。そこそこの額になりました」

「そこそこの額？　そんなにいいものがあったのか」

「はい。鏡台や箪笥《たんす》など、値の張るものがありました。長屋で使ってくれということでしたので、長屋の修繕に役立たせていただこうと思っています」

「おようは門前仲町にある『花まさ』で女中をしていた。そんなに給金をもらっていたのか」

「いえ、六蔵さんの金回りがよかったようです。だから、案外と贅沢《ぜいたく》な暮らしをしていました」

「金回りがよかった？」

「はい。それで、おようさんも女中をやめることが出来たようです」

「それから半年たらずで、今度は急に引っ越しか」

「はい。とにかく、急なことでした」

どうやら、安太郎の件と無関係ではないかもしれない。

「おようと親しくしていたものも引っ越し先は知らないのだな」

「はい」

「引っ越しの話は突然だったのだな」

「そうです」

「いつ、言いだしたのか覚えているか」

「そう言えば、例の喧嘩《けんか》騒ぎの次の日に、おようのところに年配の男が訪ねて来ました。引っ越しをすると言い出したのはその次の日でした」

「年配の男?」

「はい。夜にちらっと見かけただけなので顔はわかりませんが、年配の男でした」

その男が引っ越しを命じたのだろうか。なんのために……。それより、いったい誰なのか。

「おようと六蔵に何か?」

大家は不安そうにきいた。

「いや。たいしたことではない」

大家を安心させてから、伊十郎は長屋をあとにした。

「逃げたんでしょうか。でも、なぜ、逃げる必要があったんでしょうか」

「改めて、安太郎にいろいろ訊ねる必要がありそうだ」

伊十郎は永代橋に向かった。

七つ(午後四時)前に、伊十郎は豊島町一丁目にある鼻緒問屋『和賀屋』に着いた。

店先にいる手代に声をかけ、安太郎を呼んでもらった。

店先で待っていると、安太郎が出て来た。どこかおどおどした態度だった。

「少し訊ねたいことがある。場所を変えよう」

伊十郎は『和賀屋』の裏手のある空き地に安太郎を連れて行った。そこは武家屋敷の塀と接している。

「おようと六蔵が長屋を引っ越した。どこに行ったか知らないか」

「いえ、知りません」

気弱そうに目を伏せ気味にしている。

「ほんとうか」

「はい」

「おまえさんは、深川の門前仲町にある『花まさ』にはよく行っていたそうだな」

安太郎はぴくりとした。

「どうなんだ？」

「はい。行ったことがございます」

「行ったことがある？　よく行っていたのではないのか」

辰三が語気を強めた。

「はい、何度か」

「女中のおさきを知っているな」

伊十郎は決めつけた。

「………」

「どうなんだ？」

伊十郎は安太郎の体が小刻みに震えているのに気づいた。

「知っています」

「どういう仲だったんだ？」

「どういう仲だなんて……。料理屋の女中と客です」

安太郎はむきになって言った。

「親しくなかったというわけか」

「お座敷で言葉をかわす程度です」

「おさきが姿を晦ましていることを知っているか」

「いえ、知りません」

「知らない？　嘘じゃないだろうな」

「もう、あの店には行っていませんから」

安太郎は目をそむけて言う。

「与之助という男を知っているか。女をたらし込んでは金を巻き上げている男だ」

「何度か、『花まさ』で見かけたことがあります。それだけです」

安太郎は何か隠している。伊十郎はそう思ったが、追及するネタが不足していた。

「父親の安右衛門がおようといい仲になったと言っていたが、そのことに間違いはないのか」

「そのとおりでございます。おとっつあんに確かめてくださっても結構です」

「なに？」

今度は安右衛門はそのことを認めると確信しているような安太郎の言い方だった。何か腑に落ちない。

「よし、わかった。また、何かあったらききに来る。ごくろうだった」

伊十郎は安太郎を帰した。

「やろう。なんだか、おかしいですね」

辰三が安太郎の後ろ姿を睨《にら》み付けながら言った。

「何か隠している。ひょっとすると、安右衛門は前言を翻《ひるがえ》すかもしれぬな」

「なぜ、ですかえ」

「わからぬ」

伊十郎と辰三は和泉《いずみ》橋を渡り、御徒町《おかちまち》を通って、下谷二丁目にやって来た。自身番に顔を出し、利三の居場所をきいた。利三はちょっと前にここに立ち寄ったという。

すぐにあとを追うように自身番を出た。

すると、五条天神の前を行く利三の後ろ姿を見つけた。辰三が小走りになって、呼び止めた。

伊十郎が近づくのを、利三は振り向いて待っていた。

「井原の旦那。おしまの前身がわかりましたぜ」

おしまは与之助が通っていた『梅家』の娼妓だ。

「おしまは三年前まで、日本橋本石町《ほんこくちょう》にある畳屋の主人の囲われ者でした。ところが、おしまが他の男と懇《ねんご》ろになって旦那の怒りを買い、あげく無一文で捨てられたそうです。それから酒浸《さけびた》しになり、落ちるところまで落ち、いまは『梅家』に身を寄せているってわけです」

「他の男というのは与之助か」

「そうだと思います。与之助は気が差して、おしまのところに通っているのかもしれません」

「おしまには確かめたのか」

「いえ、これからおしまに会ってみようと思っています」

「わかった。任せよう」

「へい」

利三は『梅家』のほうに向かった。

「自分が不幸にしたおしまに気が差しているとしたら、与之助がおさきを捨てるということは考えられない。ましてや、岡場所に売り飛ばすことはありえない」

伊十郎は確信に満ちて言った。

「するってえと、やはり、与之助とおさきの失踪の原因は別ってことになりますね」

辰三は大きくため息をついた。

「たまたま、与之助とおさきの失踪の時期が同じだったというだけで、ふたりは別々に行動をしているとみて間違いない。ふたりをいっしょだと思い込ませたのは、およようだ。おさきの失踪にはおようと六蔵が関わっているとみていい。さらに、安太郎だ」

頭の中で何かが形づけられそうになったが、はっきりしたものにはならなかった。

「まず、第一は与之助を探すことだ。念仏三兄弟のふたりの兄も血眼《ちまなこ》になって与之助を探しているに違いない」

なぜ、与之助は命を狙われなければならないのか。伊十郎にはまだそこまでわからなかった。

四

与之助を探す手掛かりは、与之助の言葉だ。

深川を逃げてから本郷に行き、おこんという妾の家に転がり込んだという。そこを出たのは、旦那に見つかりそうになったからだ。

今度も逃げたとしたら、またそこを頼るかもしれない。

そう思い、本郷一帯でひとり暮らしのおこんという女を探し出すことにした。

自身番では書役が人口の調査や人別帳《にんべつ》などを整えたりしている。

伊十郎は順次、各町内の自身番に寄り、そして菊坂台町《きくざかだいまち》にやって来た。

「ありました。おこんという女は町外れの一軒家に住んでいます」

人別帳から顔を上げて、書役《かきやく》が言った。

「本田さまのお屋敷の裏手に接しているところでございます」

「あいわかった」

伊十郎は礼を言い、自身番を出た。

おこんの家を目指して足早になる。家はすぐにわかった。古い二階家だ。

「念のためだ。様子を見て来い」

「へい」

辰三はおこんの家に近づいて行った。路地を入り、連子《れんじ》窓を覗く。そこを離れ、
裏手にまわった。しばらくして、戻って来た。

「与之助がいる気配はありません」

「貞吉は裏口を見張ってくれ」

「へい」

貞吉は裏手に向かった。

「よし。行こう」

伊十郎はまっすぐ門に向かった。

辰三が格子戸を開け、奥に向かって呼びかけた。

小肥《こぶと》りの女が出て来た。垢抜《あかぬ》けた女だ。

「おこんだな。北町の旦那だ。ちょっと、ききたいことがある」

辰三が奥を気にしながら言う。

「誰もいませんよ。なんでございましょうか」

肝《きも》の据わった女のようだ。

「与之助という男を知っているか」

「与之助さんが何か」

「どういう関係だ?」

「知り合いですよ」

目をそらそうともせずに答える。

「ここにいるのか」

「おりませんよ。半年ほど前から三カ月ほどおりましたが、事情があって出て行きました。いまはどこにいるのかわかりません」

「与之助がここにやって来た理由は？」

伊十郎がきいた。

「二年ほど前まで、よくここに顔を出していたんですよ。ところが、ぷつりと消息を断ってしまったんです。そしたら、半年前にひょっこり現れて、しばらく泊めてくれないかって頼まれましてね」

「与之助はしばらくここで暮らしていたのか」

「はい」

「しかし、そなたは誰かの世話を受けている身ではないのか」

「ええ。旦那が来る日は決まっていますから、そのときはどこか別のところに行っていました」

「半年前、ひとりでここに来たのだな」

「ええ。ひとりですよ」

「それまで深川に住んでいたんだが、なぜ深川からここにやって来たのか、そのわけを口にしたか」

「いいえ。ただ、女のことでしくじったらしいことは察しました」

「女のことでのしくじりとは？」

「女の旦那にでも見つかったんじゃないですか。三カ月前にここを出て行ったのも、うちの旦那に見つかりそうになったからですよ」

「なるほど」

与之助の話と合っている。

「三カ月前に出て行ってからはここには現れないんだな」

「ええ。一時逃れに私を利用しただけですから」

おこんは恨めしげに言った。

「与之助さん。どうかしたんですか。ずいぶん、用心深くなっていましたけど」

「その女のしくじりが尾を引いているのだ。もし、与之助が現れたら自身番に知らせるんだ。与之助の命に関わるからな」

「えっ、命に?」

「頼んだ」

「はい」

おこんは怯《おび》えたような顔で頷《うなず》いた。

外に出て、裏口を見張っていた貞吉を呼び寄せた。そして、歩きはじめたとき、ふいに目の前にふたりの男が現れた。南町定町廻り同心の押田《おしだ》敬《けい》四《し》郎《ろう》と岡っ引きの長蔵《ちょうぞう》だった。

「伊十郎」

扁平《へんぺい》な顔をした押田敬四郎が口許を歪めながら迫った。

「この辺りで何を嗅《か》ぎ回っているんだ？」

ねずみのような顔をした長蔵も窺うような目を向けている。

「尋ね人だ」

「ほう。誰だ？」

押田敬四郎がきいた。

伊十郎と敬四郎はお互いに張り合う仲だった。伊十郎が適当に相手をして別れようとすると、

「伊十郎。念仏三兄弟の一太と次郎を探しているんじゃねえのか」

と、敬四郎はにやつきながら言う。

「どうして、それを？」

「先日、末弟の三吉が殺されたそうではないか。殺《や》ったのは与之助という色男」

「なるほど。利三から聞いたのか」

伊十郎は先読みしてきいた。

「じつは、念仏三兄弟は俺たちも追っている」

「なぜだ？」

「根津権現《ねづごんげん》裏の殺しに奴らが関わっているらしいのだ」

「根津権現裏の殺し？」

「そうだ。ふた月前、香具師《やし》の親方が殺された。反目するもう一方の香具師の親方が念仏三兄弟に依頼して殺したと白状したんだ」

そういえば、そんな事件があったことを思いだした。

「つまり、念仏三兄弟は殺し屋だ」

「なるほど」

与之助を襲ったのも、誰かから殺しを依頼されたからだ。そのほうから探索するほうがよいか。

「で、いまの家にはなにがあったのだ？」

「三カ月前まで、与之助が居候《いそうろう》をしていた家だ。だが、いまはもういなかった」

「そうか。与之助の隠れ家だったのか」

押田敬四郎はおこんの家を振り返った。

「与之助がまた現れるかもしれねえな」

「あの女は事件とは無関係だ。旦那のいる身だから、そっとしておいてやってくれ」

「心配するな。迷惑をかけるような真似《まね》をしねえよ」

敬四郎は冷やかに笑って去って行った。

「辰三。与之助は半年前、誰かの妾に手を出し、旦那の怒りを買ったに違いない。当時、与之助がつきあっていた女を探すのだ」

「わかりやした」

「おれもあとから行く」

「へい」

本郷から湯島聖堂の前を通り、昌平橋《しょうへい》を渡った。柳原通りに入り、両国橋に向かう辰三たちと別れ、伊十郎は高砂町に向かった。

昼に近い。昼からは弟子がやって来る。その前に、おふじの家に行かねばならない。ずっと、もやもやしたものが胸の中に漂っていた。その理由はわかっている。村上彦一郎のことだ。

彦一郎はまだ百合に未練を持っているのだろう。だから、伊十郎が百合の再婚相手だということを知っていたのだ。

いったい、彦一郎は伊十郎に何を言いたかったのか。結婚をやめろと言い出すのか。しかし、彦一郎は妻帯しているのだ。

もしかしたら、百合の悪口を並べ立て、結婚に二の足を踏ませようとしているのか。百合のわがまま振りを強調すれば、男は尻込みすると思っているのかもしれない。

だが、それなら、どうしてあの場で言わなかったのか。他に、何か魂胆があったのか。

彦一郎の肚《はら》の中が読めないことがよけいに気を重くしていた。

おふじの家にやって来た。格子戸を開けると、土間におふじが立っていた。

「あら、旦那」

「出かけるところか」

伊十郎は眩《まぶ》しくおふじを見た。

「いいんですよ。さあ、上がってくださいな」

「いや、すぐ引き上げる」

「さあ、どうぞ」

おふじは伊十郎の手をとらんばかりにして上がるように勧めた。

「では」

刀を外して、伊十郎は部屋に上がった。

「いま、お光が出かけているもので」

「いや、茶はいい。どうだ、最近は？」

「あら、何がですか」

「いや、もろもろだ。弟子が増えたとか、そうそう、あれから英才はしつこくないか」

うふっと、おふじは指の背を口に当てて笑った。

「旦那。おかしいですよ。何か、仰りたいことがあるんじゃないですか」

「わかるか」

「わかりますよ。そんな世間話をしに来たのではありますまい」

「そうか」

「そうですよ。さあ、仰ってくださいな」

「ちょっと愚痴めいたものを聞いてもらいたいと思ってな」

「愚痴ですって？」

おふじが目を丸くした。

「愚痴というか何というか」

「なんですね。察するところ、また百合さまのことですね。旦那ったら、百合さまのことになるとてんでだらしなくなりますものね」

「じつは、百合どののそのものではない」

伊十郎は言いよどんだが、深呼吸をして思い切って口に出した。

「先日、村上彦一郎という武士に出会った。俺を井原伊十郎と知って、茶店に誘った」

「村上彦一郎……」

おふじの顔色が変わったように思えた。

「俺の噂を聞いていると言った。だが、百合どのとの関係はなにも口にしなかった。自分のことは与力の高木文左衛門どのが知っているというので、高木さまに訊ねた。すると、村上どのは百合どのが最初に嫁がれた相手というではないか」

「…………」

「なぜ、村上どのは俺を誘ったのか。どうも、あの御仁はまだ百合どのに未練がおありのようだ。だから、俺に文句でもいいたかったのかもしれない」

「そうですか。でも、もう離縁なさってだいぶ経つのでしょう？　井原の旦那が気にすることはないのではありませんか」

「そうだ。仮に、未練からあれこれ言うのを聞いているのもやりきれんし、かといってこのまま捨ておいていいものか。どうも、村上どのはもう一度会いたいような様子だった」

次に会う機会があればという言い方をしていたが、ほんとうはもう一度会おうとしているのではないか。そんな気がしてならない。

「でも、百合さまの知らないところで、最初の夫と未来の夫が会うというのもいかがなものかと思いますけど」

「では、このまま忘れろと？」

「でも、旦那は気になってならないでしょうね」

おふじは伊十郎の顔色を読んだ。

「では、お会いなさいましな。ただ、先方が何を言おうが、その言葉に振りまわされないことでございます。そのことで思い悩むことがあってはなりませぬ。その自信がなければ、会わないほうがよろしいかと」

「そうだの。よく、考えてみよう」

伊十郎は立ち上がった。

「あら、もうお帰りですか」

「おふじも用があるのだろう」

「いえ、私は三味線屋さんにちょっと行くだけですから」

「そうか。邪魔したな」

「旦那。ひょっとして、旦那は村上さまと百合さまがどうして離縁したのか、その理由を聞くのが怖いんじゃありませんか」

伊十郎ははっとした。

そうだ、理由を聞くのが怖い。それ以上に、彦一郎と百合の結婚生活を垣間見《かいまみ》るのもいやなのだ。

一時は仕合わせな時間を過ごしたのだという言葉が彦一郎の口から出て来るのが怖いのだ。過去に百合と肌を交わした男がいるという事実から目を遠ざけたいのだ。過ぎ去ったことだとしても、伊十郎にとっては我慢ならない問題だった。

俺はどうかしていると、伊十郎は思った。どうも、百合のことになると正常な判断が出来なくなってしまうようだ。

「いまの百合さまがすべてでございますよ」

おふじがいたわるように言った。

おふじの家を出た伊十郎は永代橋を渡って深川に向かった。

大島町にある与之助が住んでいた長屋に向かうと、ちょうど木戸口から辰三と磯六が連れ立って出て来たところだった。

「何かわかったか」

「与之助のことで、磯六親分が思いだしたことがあったんで、確かめに来たんです」

辰三が話した。

「へえ。半年前の聞き込みのとき、与之助の隣に住んでいた傘張り職人が、一度与之助が冬木町の小粋《こいき》な家に入って行くのを見たことがあると言っていたんです。さっき、辰三から、与之助への疑問を聞いて、そのことを思いだしたんです」

「で、どうだった?」

「ええ。はっきり、覚えていました。冬木町にある傘屋に傘を納めに行った帰りに見かけたそうです」

「それはいつごろのことだ?」

「今年の春ごろだそうです」

「よし。念のために調べてみよう」

伊十郎たちは冬木町に向かった。

冬木町は仙台堀《せんだいぼり》に面している。横町を入り、奥に向かう。与之助が入って行ったという家は背後に武家屋敷が並び、欅《けやき》や楠《くすのき》などで鬱蒼《うっそう》として閑静な場所にあった。

黒板塀《くろいたべい》のいかにも妾宅《しょうたく》といった風情だ。なるほど、与之助が目をつけそうな家だ。本郷菊坂台町のおこんの家も、上野新黒門町にあるおすみの家も、同じような雰囲気だ。つまり、生活の匂《にお》いのない優雅な小体《こてい》な家という特徴があった。

自身番で、住んでいるのがお春《はる》という名だとわかった。元仲町の芸者で、日本橋本町にある茶道具店『利休屋《りきゅうや》』の主人杢兵衛《もくべえ》に落籍《らくせき》されたということだった。

数軒並びに、惣菜《そうざい》屋があった。そこの主人に訊ねると、与之助らしい男が店の前を横切るのを何度か見ていた。お春の家に行ったかどうかわからないが、まずそう考えて間違いないようだった。

「よし。当たってみよう」

伊十郎は磯六に言った。

磯六は門の戸を開け、格子戸を開いた。

「ごめんよ。誰かいないか」

　はあいと大きな声がして、女中らしい娘が出て来た。

「お春はいるか」

「はい」

　不安そうな顔で、女中は奥に引っ込んだ。三人の男が土間に現れたのだから驚くのも無理はない。

　しばらくして、あだっぽい長身の年増《としま》が現れた。柳腰《やなぎごし》で、はんなりとしている。切れ長の目も色っぽい。

「お春ですが」

　三人を前に臆するふうはない。

「こちら北町の井原さまだ。ちょっと訊ねたいことがあってやって来た」

　磯六は切り出した。

「なんでございましょうか」

「与之助って男を知っているかえ」

「いえ、知りません」

　一瞬、お春の目に動揺が走ったのを見逃さなかった。

「こちらに通っていたと聞いたんだが、違うのかえ」

「何かの間違いではございませぬか。そのようなひとはここに来たことはありません」

「名前を変えているかもしれぬ」

伊十郎は口を挟み、色白のなよっとした男で鼻が高いという与之助の特徴を言った。

「いえ、ここにはそのようなひとはいらっしゃいません」

お春はきっぱりと否定した。

「そうか。ところで、おまえさんの旦那は日本橋本町の『利休屋』の旦那だと聞いたが、間違いないか」

「はい。そのとおりでございます」

「旦那はちょくちょくやって来るのか」

「はい。参ります」

「わかった。邪魔をした」

伊十郎はお春の家を辞去した。

「なかなか、色っぽい女ですね」

辰三がにやついて言う。

「あの女、嘘をついている」

伊十郎は決めつけた。

「へえ」

磯六は応じてから、

「井原の旦那。やっぱり、与之助とおさきはいっしょじゃなかったんでしょうか」

と、やりきれないように言った。

「間違いない。たまたまふたりの失踪が重なったのと、当時『花まさ』の女中だったおようの言葉に惑わされたのだ」

「ちくしょう。あの女。俺を虚仮《こけ》にしやがって」

悔しそうに吐き捨てたあとで、磯六は自嘲《じちょう》気味に呟いた。

「俺も老いぼれたってことか」

「磯六親分。あの様子からしたら、あっしだって与之助とおさきがいっしょに逃げたって思いますよ」

辰三がなぐさめた。

「そうだ。磯六。自分を責める必要はない。それより、『利休屋』の杢兵衛のことを調べる必要があるな」

「あっしは、芸者時代のお春と料理屋での杢兵衛の評判を聞いて来ます」

「そうしてもらおうか。俺たちは『花まさ』に行って、おささきの間夫についてももう一度きき込んでみよう」

「へい。じゃあ、あっしは」

磯六は着物の裾《すそ》をつまんで走って行った。

「磯六も歳をとったな」

伊十郎は後ろ姿を見送りながら寂しそうに言った。晩年の茂助の姿が伊十郎の脳裏を掠めた。

ひとは後ろ姿に老いが現れる。伊十郎が茂助の後ろ姿に老いを感じたとき、茂助から引退をほのめかされたのだ。

磯六も、そろそろ身を引こうとしているのかもしれない。

翌日の夜、磯六がわざわざ八丁堀の伊十郎の屋敷にやって来た。

庭先に立って、磯六が切り出した。

「お春は売れっ子だったそうですが、相当気位の高い芸者で、仲間内や料理屋の女中からは評判はよくありません。利休屋杢兵衛が落籍出来たのもかなりの額を出したからのようです」

「気位が高い女が与之助に簡単に引っかかってしまったのか」

伊十郎は案外そんなものかもしれないと思った。

「お春の家の周辺の住人にきいてみましたが、やはり、与之助らしい男がお春の家に入って行くのを何人かが見ていました」

「うむ。そうか。ごくろう」

「じゃあ、あっしはこれで」

「ゆっくりしていけ」

「いえ」

磯六は引き上げて行った。

「磯六親分、なんだか急に老けてしまったみたいですね」

「うむ。ああいう姿を見るのは寂しいぜ」

夜の永代橋をとぼとぼと歩いて行く磯六の姿を想像して、妙に切ない気持ちになった。

第四章　迎え撃ち

一

雨模様の天候で、帰りは降られるかもしれないと思いながら、伊十郎は辰三といっしょに永代橋を渡った。

一之鳥居をくぐり、門前仲町にある『花まさ』にやって来た。門の前に、磯六が待っていた。

「井原の旦那。すみません。わざわざ御足労願いまして」

磯六が恐縮したように言う。

「いや、気がかりなことがあれば確かめるのは当然だ」

伊十郎は応じた。

「へえ」

「いま、参りました。市子《いちこ》と話しているようです」

市子というのは口寄《くちよ》せともいい、死者の霊を呼び出す巫女《みこ》だが、実際には占い師だ。

「三十三間堂裏の長屋に住んでいるお浜《はま》という市子で、きのう突然、『花まさ』にやって来たようです」

「女将のほうから頼んだわけではないのだな」

「そうです。お浜はよく当たる占い師として繁盛しているそうです」

女将が目の不自由な女といっしょに勝手口から出て来た。四十過ぎに思える。格子縞《じま》の木《も》綿《めん》の着物に黒い帯がなんとなく怪しげだった。

「井原の旦那。このひとが市子のお浜さまです」

お浜は閉じた目を向けた。

「お浜です」

「おさきの霊を呼び出したのはほんとうなのか」

「はい。横十間《よこじっけん》川の扇《おうぎ》橋の近くを通ったとき、女の呻《うめ》き声が聞こえました。ご承知のように、近くに火葬場がありますから、死者の魂はうじゃうじゃしています。

ですが、その呻き声はあまりにも悲しげだったので、ついその場で霊を呼んでみました。そしたら、早く出して、供養してくれと訴えたのです」

「よし。ともかく、行ってみよう」

「船が用意してあります」

磯六が言い、大島川の船着場に向かった。

川船が待っていて、みなは乗り込んだ。

「よし。やってくれ」

磯六が船頭に言った。

川船は大島川から横川に入り、一橋《ひとつばし》家の下屋敷の手前の堀を右に曲がった。この辺りは十万坪と呼ばれる埋立地だ。荒涼とした野原が広がっている。冷たい風が吹いてくる。

やがて、突き当たりの堀を左に曲がり、小名木《おなぎ》川のほうに向かった。極楽寺という寺の屋根が見えて来た。そこで、火葬が行なわれている。きょうも、黒っぽい煙りが上がっていた。

女将が口を押さえている。天気が悪いので、なおさら不気味な風景に思えた。

「一本松がありますか。その下だと、おささんは言ってました」

寺の裏手に一本松が見えた。

「よし。あの近くの船着場に着けてくれ」

磯六が船頭に命じた。

伊十郎は半信半疑だった。だいたい死者の霊を呼び出せるというのが眉唾《まゆつば》だと思っている。だが、この場所まで町方の人間を引っ張って来たお浜の自信にあなどれないものを感じ取っていた。

全員が陸に上がった。辰三と貞吉はそれぞれ鍬《くわ》と鋤《すき》を手にしていた。

異様な匂《にお》いのする一帯だ。この世とあの世の境のような不気味さが漂っている。

「だいじょうぶか」

伊十郎は女将に声をかけた。

「はい。どうにか」

おさきのためですからと、女将は気丈に頑張っていた。

「この辺りです」

松の樹《き》に近づき、お浜が言った。

女将は数珠《じゅず》を取り出した。辰三が雑草の生えていない土が露出している場所に立った。

「ここです」

「よし。掘ってみろ」

辰三と貞吉が鍬と鋤を使って土を掘り出した。

女将が固唾《かたず》を呑《の》んで見守っている。磯六も真剣な眼差《まなざ》しだ。お浜は無表情で突っ立っている。見えぬ目で、お浜は何を感じ取っているのか。

土が掘り起こされ、だんだん穴が出来ていった。ぽつりと、冷たいものが顔に当たった。ふいに、辰三が鍬を振るう手を止めた。

「待て」

鍬を放し、辰三は這《は》いつくばって穴に屈《かが》み込んだ。そして、手で土をどけていく。

やがて、辰三が顔を上げた。

「ひとです」

「なに」

伊十郎は穴の中を覗《のぞ》いた。赤い着物の一部が見えた。

辰三と貞吉が手で土をかきわけていった。髪の毛が出てきた。そして、顔が現れた。土の中に埋められていたせいか、腐乱はそれほど進んでいなかった。

「おさき」

おそるおそる覗き込んだ女将が悲鳴のように叫んだ。

「おさきに間違いないのか」

伊十郎は確かめた。

「は、はい。間違いありません。顎《あご》に黒子《ほくろ》があります」

女将は茫然《ぼうぜん》と言った。

辰三と貞吉は土を掘り返していった。

伊十郎はお浜の顔を見つめた。能面のような表情で、お浜はあらぬほうに目をやっている。まるで、そこにおさきの魂が浮遊しているように。


翌日、伊十郎はひとりで豊島町一丁目の『和賀屋』に向かった。辰三たちは朝から砂村《すなむら》付近での聞き込みをはじめているはずだ。だが、なにしろ、半年前のことだ。不審な人間を覚えている人間がいるかどうか、期待は出来そうもなかった。

それでも、念のために聞き込みはしなければならない。

おさきの亡骸《なきがら》は検死のあとで、寺に葬られた。

おさきは首を絞められて殺されたことがわかった。穴の周囲から下手人に結びつくようなものは発見されなかった。

与之助がおさきを殺す理由はない。やはり、与之助とおさきは関係なかったのだ。与之助は冬木町に住む『利休屋』の杢兵衛の妾《めかけ》お春と親しかった。つまり、おさきには別に間夫《まぶ》がいた。安太郎ではないかと疑うが、証拠がない。

ただ、大きな存在として浮上したのが六蔵とおようだ。

安太郎には大店《おおだな》の娘との縁談があった。そのためになったおさきを殺した。そのことを知った六蔵とおようが安太郎を脅迫したのではないか。

土蔵から三十両を盗んだのはそのための金だったのだ。おようと父親の安右衛門が親しくなったというのは伊十郎たちを欺《あざむ》く偽《いつわ》りだった。

いや、ふたりはもっと積極的におさき殺しに加担しているかもしれない。

『和賀屋』にやって来た。店から羽織り姿の安右衛門と安太郎が揃《そろ》って出て来た。

伊十郎の顔を見て、一瞬顔つきを変えたように思えた。

「お出かけですか」

伊十郎は近づいて声をかけた。

「はい。これから結納の件で」

安右衛門がにこやかに応じてから、

「井原さま。何か」

「知らせておきたいことがあってな。じつは、『花まさ』の女中おさきの死体が見つかった」

「おさきですか。確か、行方不明だった女中がいましたね。その女中ですね」

安右衛門が顔色を変えずに言う。安太郎の表情にも大きな変化はなかった。

「なぜ、そのようなことを知らせに？」

「おふたりも『花まさ』を使っていたというので気になっていたのではないかと思いましてね」

「女中のひとりですからね。顔見知り程度でしたから。急ぎますので失礼いたします」

安右衛門は安太郎を促し去って行った。奉公人が見送る。

安太郎に動揺はなかった。いずれ、死体が発見されると覚悟をしていたか。

安太郎とて、永久に死体が発見されないとは思っていなかったであろう。ふたりとも、そのときの心構えが出来ていたのだろう。

死体発見を告げたときの反応をみようとしたが失敗に終わった。伊十郎はため息をつくしかなかった。

『和賀屋』をあとにして、気がつくと伊十郎は浜町堀に向かっていた。無意識のうちに、おふじの家を目指していた。

おふじは家にいて、伊十郎をいつもながら喜んで迎えてくれた。しかし、考えてみれば、おふじの心持ちも妙だ。

どうしていつも歓待してくれるのか。男として見ているわけではないだろう。なにしろ、百合とのことを知っているのだから。

定町廻り同心だからか。いや、そのことがどうしておふじに得があるというのか。少しは俺のことを男として魅力を感じてくれているのか。そんなことを考えていると、

「旦那。どうかなさったのですか」

と声をかけられ、伊十郎ははっとして我に返った。

「いや。じつは……」

しどろもどろになりながら、とっさに口に出たのはお浜のことだった。

「お浜という市子を知っているか」

「いえ」

「きょうの瓦版《かわらばん》にも出ているると思うが、半年前に殺されて埋められていた死体を

見つけたのだ。死者の声を聞いたといってな」

伊十郎はその経緯を話した。

「おさきという女の霊がお浜に訴えたのだ。ほんとうに死体が出て来たときにはぞくぞくとしたぜ」

そのときの昂奮《こうふん》を語った。

「旦那。それ、信じているんですかえ」

おふじが笑って言う。

「うむ？　どういうことだ？」

「ふつう、市子でも霊を呼び寄せるには小さな弓矢の弦《つる》を弾《はじ》いて、神がかりになって霊を呼び寄せるものです。それ自体、霊が乗り移ったように錯覚するだけですよ。それに、霊のほうから呼びかけて来たなんてのはちょっと眉唾ですよ」

「しかし、現に死体が出てきたんだ」

「ですから、その市子が聞いたのは生の人間の声ですよ」

「ばかな。生の人間って……」

伊十郎は声を呑んだ。

安太郎におさきの死体が発見されたことを告げたときのことを思いだした。おさきとの関係を追及したときはかなりうろたえていた。それに比べると、ずいぶん落ち着き払っていた。

おさき殺しと無関係だからというわけではない。六蔵やおようとの繫《つな》がりを考えても間違いない。

つまり、驚かなかったのはおさきの死体が見つかることがわかっていたからだ。そうか。そういうわけだったのか。

伊十郎ははったと気づいた。

「おふじ。礼を言うぜ」

おふじの驚きの声を背中に聞いて、伊十郎は外に飛び出して行った。


市子のお浜は三十三間堂裏にある長屋に住んでいた。

長屋木戸を入って行くと、路地に数人の男がいた。どうやら、お浜の住まいの前で並んでいるようだった。商売のことか、はてまた女のことか。占ってもらうためにやって来た連中だろう。

腰高障子が開いて、中から商人ふうの男が出て来た。入れ代わって先頭の男が入ろうとするのを辰三が引き止めた。

「すまねえな。ちょっと御用の筋でお浜に用があるんだ。ちと待っててもらいてえ」

「へえ」

遊び人ふうの男は渋々頷《うなず》いた。この男は博打《ばくち》の運を占ってもらうつもりか。

伊十郎と辰三は土間に入った。

部屋に、お浜が端然と座っていた。

「何ごとでございましょうや。順番を守っていただかなければ困ります」

お浜は強い口調で言う。

「こっちは占いで来たんじゃねえ。御用の筋だ」

「どのようなことでございますか」

「おさきの死体を見つけたことだ」

伊十郎が部屋に上がり込んだ。辰三も続いた。

「私のおかげで死体が見つかり、さぞかし本人も喜んでいることでしょう」

「おさきの霊を呼び寄せたということだな」

「教えてもらったから、『花まさ』の女将さんにお知らせすることが出来たのです」

「なぜ、『花まさ』の女将だったのだな」

「それは、おさきさんがそう仰《おつしや》ったからです」

「おさきが、女将に知らせてくれと言ったのか」

「はい」

「では、当然、自分をひどい目に遭わせた人間のことも話したはずだ。どうだ?」

「はい、話しました」

「誰だ?」

「名前も知らない遊び人ふうの男だったそうです。『花まさ』の帰り、いきなり、猿ぐつわをかまされ、船に乗せられたそうです」

「何のために、そんな真似《まね》をしたのか言っていたか」

「いえ、そこまでは本人もわからなかったようです」

「お浜。正直に言わないと、あとでおまえが困ることになる。いいのか」

「旦那。何を仰っているのかわかりません」

お浜はとぼけた。

「おさきの死体が埋められているのをどうして知ったのだ?」

「霊ですよ。おさきさんの霊が私に訴えたのです」

不気味な女だ。

「その霊は男だ」

「旦那。何を仰いますか。わたしは霊を呼び出すことの出来る市子でございますよ。おささきさんは私を頼って来たのです」

「ほんとうに、そう言い切れるのか。なら、なぜ殺されてから半年も経って訴えたんだ。どうして、この時期だったのだ？」

伊十郎はぐいと顔を近づけ、

「いいか。俺にはその男の霊の正体がわかっている。近々、お縄になるだろう。そのとき、おまえに金を渡して頼んだことを打ち明けるかもしれぬ。そしたら、おまえもおさき殺しの仲間とみなされるかもしれぬ」

「…………」

「だが、ほんとうのことを言えば、世間には黙っている。おまえの市子としての評判に傷がつくことはない。それどころか、俺たちが認めたということで評判になろう。どっちを選ぶか、おまえの好きにしろ」

「取引ですか」

お浜は探るような口調で言った。

「違う。俺はおさきを殺した犯人を見つけたいだけだ。よく、考えておけ」

伊十郎は立ち上がった。

「客を待たせては悪いからな」

伊十郎は外に出た。

入れ代わりに、遊び人ふうの男が入って行った。さっきより、列が長くなっていた。

長屋木戸を出てから、

「瓦版の反響でしょうね。霊と話をしたって出ていましたからね」

と、辰三が呆れたように言う。

「『花まさ』の女将はすっかり信用してしまったからな。噂が広まるのは早いもんだ」

伊十郎は苦々しい思いで言う。

「やはり、安太郎ですかねえ」

「安右衛門か安太郎だ」

「とっ捕まえて白状させますかえ」

「いや。もう少し、しっかりした証拠が欲しい。安太郎とおさきはどこかで密会していたはずだ。出合《であい》茶屋か料理屋の奥座敷か。誰の目にも触れないということはありえない。誰かがふたりを見ていたはずだ。磯六の手を借り、そいつを探すんだ」

「わかりやした」

「俺は与之助のほうを調べてみる」

途中、辰三と貞吉と別れ、伊十郎はひとりで永代橋に向かった。

伊十郎にはちょっと引っかかっていることがあった。与之助が『利休屋』の李兵衛の妾お春に手を出したことだ。

そのことを知った李兵衛が念仏三兄弟を使って与之助を殺そうとしたのではないか。そのことを察した与之助は深川から逃げた。

ただ、わからないのは、李兵衛と念仏三兄弟の繋がりだ。どういう伝《つて》で、李兵衛は三兄弟と知り合ったのか。

そこで、伊十郎が気になったのが李兵衛は茶道具店の主人だということだ。茶道具で思いつくのは村上彦一郎だ。

あの男は閻魔の円蔵の『最古堂』に茶器を求めに行ったのだ。彦一郎が『最古堂』を知ったのはさる商家の旦那に教えられたからだ。

永代橋を渡って、日本橋本町に向かった。

磯六が『花まさ』で聞き込んで来たことによると、『利休屋』の李兵衛は尊大で鼻持ちならない男というのが女中たちの評判だったという。客に大名や旗本もいるせいか、身分のない者を見下すようなところがあったという。そのうえ、悋《りん》気《き》が激しく、自分の気に入った芸者が他の座敷に呼ばれることも快く思わなかった。その芸者がお春だったのだ。

お春には相当入れ揚げていたらしい。落籍するにも莫大《ばくだい》な金を使ったらしい。それだから、お春が与之助と懇《ねんご》ろになったと知り、怒り心頭に発したのであろう。

だが、あくまでも憶測に過ぎない。

本町《ほんちょう》通りに入り、やがて『利休屋』の屋根看板が見えて来た。黒と白の落ち着いた雰囲気の店構えだ。高級な茶道具を扱っているという風格を垣間見ることが出来た。

伊十郎はさりげなく店の中を覗いた。座敷に、鬢《びん》に白いものが混じっている品のいい男が客の武士と話をしている。

あの男が李兵衛に違いない。李兵衛を見て、一瞬自分の思い違いではないかと思った。とうてい、嫉妬《しっと》に駆られて与之助を殺そうとする人間には思えなかった。

だが、いざ、女のことになると、男の人格が変わることはままある。

伊十郎は店先を離れ、お濠端《ほりばた》に出て鎌倉河岸を通り、神田橋御門から武家地に足を踏み入れた。

皮肉なことだった。もう、村上彦一郎に会わずにすませたいと思ったが、どうしても会って確かめなければならないことがあったのだ。

二

辻《つじ》番所できいて、ようやく村上彦一郎の屋敷にやって来た。

五百石の旗本の屋敷だ。門の両側には長屋が建てられ、奉公人が住んでいる。

伊十郎は大扉の脇の潜《くぐ》り戸に向かった。

門番所から両刀を差した門番が出て来た。

「拙者、北町奉行所同心の井原伊十郎と申す。村上さまにお目通りを願いたく罷《まか》り越した。名を通していただければ、わかるはず」

「しばらくお待ちを」

門番は引っ込んだ。

この屋敷に一年ほど百合が暮らしたのかと思うと、複雑な気持ちになった。とっくに、百合の残り香は消えているだろうが、足を踏み入れたくなかった。このまま、ひき返したいが、そうもいかなかった。

門番が戻って来た。若党らしい男がついて来て、伊十郎の前に立った。

「どうぞ」

若党が招じた。

「では」

一礼し、伊十郎は潜り戸を入った。

若党が向かったのは母屋ではなかった。庭をまわり、草庵《そうあん》ふうの茶室に着いた。

「こちらでお待ちくださいますよう」

若党は下がった。

伊十郎は蹲《つくばい》で手を洗い、茶室の躙《にじ》り口に向かった。刀を先に部屋に入れてから、伊十郎は躙り口をくぐって茶室に入った。

部屋の中が生暖かいのは風炉《ふろ》に炭がおきているからだ。釜から湯気が出ていた。

なるほど、彦一郎は茶の嗜《たしな》みがあり、茶器にも興味を持っているようだ。

伊十郎は端然と座って待った。水屋のほうでひとの気配がした。

静かに襖《ふすま》が開き、村上彦一郎が入って来た。釜の傍に座り、袱紗《ふくさ》を取り出した。

見事な袱紗捌《さば》きにみとれていると、杓《しゃく》で釜の湯を汲《く》んで、茶碗を洗う。さらに、
棗《なつめ》から茶を掬《すく》う。

流れるような動きに微塵《みじん》も無駄がない。

「どうぞ」

彦一郎が茶碗を置いた。

伊十郎は膝《ひざ》で進み、手を伸ばして茶碗を手前に引き寄せた。

手のひらに置いた茶碗を二度まわし、口に運んだ。まろやかな抹茶の味が広がった。おいしいと、素直に思った。

「結構なお点前《てまえ》でした」

伊十郎は茶碗を見た。

「見事な天目《てんもく》茶碗でございますな」

漆黒《しっこく》の釉薬《ゆうやく》の地に緑色に輝く斑紋《はんもん》が浮かんでいる。

「油滴《ゆてき》天目だ。これは京の嵯峨野《さがの》の窯で焼いたものだ」

「さらなる茶器を求めて、『最古堂』に?」

「そうだ。曜変天目《ようへん》を求めている。僅《わず》かしかない代物《しろもの》だ。どこかの大名家が持っているらしいが、手放すのならいくら出しても欲しい。もちろん、気持ちだけだ。金がないからな」

　彦一郎は苦笑した。

「なぜ、茶器にそれほどご執心を？」

「井原どの。わしのことを、高木どのから聞いて来たか」

「はい」

「そうか。わしはそなたが娶《めと》ることになった百合の最初の亭主だ」

　百合の名が出て、伊十郎は生唾《なまつば》を呑み込んだ。

「共に暮らしたのは一年だ。わしが茶碗に目を向けだしたのは離縁してからだ。なぜ、だかわかるか」

「いえ」

「わかるまい」

「はい」

　百合を忘れるために思いを茶器に向けたのではないかと思ったが、伊十郎は口にしなかった。

「なぜ、離縁したのか、知りたいのではないか」

「いえ」

「隠すな。顔に書いてある」

彦一郎は勝手に言う。

「なぜでございますか」

言いたいのなら聞いてやろう。そんなつもりで、伊十郎は訊《たず》ねた。

「あまりにも美しすぎ、あまりにもわがままだからだ」

「…………」

「わかるか」

「わがままなところが受け付けなかったことはわかりますが、美しすぎることが離縁の理由というのが理解出来ません」

「そうだの。理解出来ないかもしれぬな」

彦一郎は寂しげな表情になってふいに黙った。

百合との思い出が彦一郎の胸に去来しているのだろうか、彦一郎は目を閉ざした。だいぶ時間が経過したように思えたが、障子を透かして射し込む光の位置は変わっていない。

「村上さまは、百合どのに未練がおありなのでしょうか」

伊十郎は思い切って口を開いた。

「未練がないと言えば嘘になる。だが、離縁して、正直ほっとしている」

「ほっと?」

意外な答に、伊十郎は彦一郎の顔を見つめなおした。

「そなたは」

いきなり、彦一郎が目を開けて切り出した。

「百合どののがわがままなのを知っていよう」

「はい」

「半端なわがままではない。こっちの言うことに聞く耳も持たない。そんな欠点を、そなたは受け入れたのであろうな」

「はい。承知のうえでございます」

「そうであろう。わしも同じだった。あの美しさの前には、どんなわがままも許せると思った」

彦一郎は自嘲《じちょう》気味に口許《くちもと》を歪《ゆが》めた。

「耐えられなかったのですか」

伊十郎は息を呑んで返事を待った。

「いや。我慢出来た。そのくらい、なんでもなかった。ただ、百合どのは美しすぎた」

またも、美しすぎたと、彦一郎は言った。

「美しすぎるとはどういう意味でしょうか」

「いまにわかる」

彦一郎はその意味を言おうとしなかった。

「わしはな、『最古堂』には最高級といわれる曜変天目茶碗を求めに行ったのだ。妖《あや》しく青く輝く美しさを想像しただけでも昂奮する。茶の湯を嗜む者であれば、誰もが手にしたいと思うであろう」

「いくらなんでも『最古堂』でも手には入りますまい」

どこかの大名家か豪商が所持しているかもしれない。まさか、円蔵がそれを盗み出せと命じるだろうか。それを盗み出せる盗人《ぬすっと》がいるだろうか。いや、『ほたる火』ならば……。伊十郎はよけいなことを考えたと反省した。

「そうだな。最古堂も困惑していた」

円蔵もさすがに無茶な注文だと思ったか。

「やはり、曜変天目茶碗で茶を服したいのでございますか」

「いや」

「では、飾っておくだけでございますか」

「いや」

「どうなさるので？」

「庭に出て叩き割る」

彦一郎はすさまじい形相《ぎょうそう》になり激しい口調で言った。

「叩き割る？」

気でも狂ったのかと、伊十郎は疑った。

「天下の名器を壊すというのですか。なぜ、ですか」

返答を拒否するように、彦一郎は首を横に振った。そして、急に表情を和《やわ》らげ、

「もう一服進ぜようか」

と、穏やかな口調で言った。

「いえ」

伊十郎は断り、訪問の目的にようやく触れた。

「『最古堂』のことをどなたから聞いたのか、教えていただけませんでしょうか」

「『最古堂』のこと？　なぜだ？」

「ちょっとある事件で、気になることがございまして」

「ならば教えられんな。わしのひと言で、その御仁に迷惑がかかってはならぬゆえ」

「そうですか。では、村上さまは茶器などをどこでお求めでございますか」

「…………」

「日本橋本町にある『利休屋』ではございませんか」

「いかにも、『利休屋』だ」

「主人の杢兵衛とは親しく話をされましょうや？」

「うむ」

「『最古堂』のことは杢兵衛から聞いたのではありませぬか」

「どうだったかな」

彦一郎はとぼけた。

「では、杢兵衛は『最古堂』を知っていましたか」

「うむ」

「わかりました。それで十分でございます」

伊十郎は別れの挨拶をし、立ち上がった。

「井原どの」

躙り口に移動した伊十郎を呼び止めた。

「曜変天目茶碗は持つものを選ぶ。なまじの者が持っても、その重圧におしつぶされるだけだ。なぜ、天下の名器を壊すかという問いかけの返事にはなっていまいが……」

伊十郎ははっとした。問い返そうとしたが、声が出せなかった。

来た道を戻りながら、伊十郎は彦一郎の心に思いを馳《は》せた。彦一郎は百合を曜変天目茶碗に見立てているのだ。

だが、いまはそのことに考えを巡らせているときではなかった。念仏三兄弟と利休屋杢兵衛が『最古堂』を介してつながったのだ。

半刻（一時間）後、伊十郎は閻魔堂橋を渡り、法乗院の裏手にある『最古堂』にやって来た。

きょうは珍しく円蔵が店番をしていた。

「これは井原さま」

相変わらず、穏やかな口調だ。

「どうぞ、お上がりを」

「いや。すぐ引き上げる。教えてもらいたいことがある」

「なんでございましょうか」

「念仏三兄弟の居場所だ」

「さて、なんのことやら」

円蔵は微笑《ほほえ》んだ。

「円蔵。利休屋杢兵衛に念仏三兄弟を引き合わせたことはわかっているのだ。与之助という男を殺すためにな」

「………」

「円蔵。末弟の三吉を殺され、兄の一太と次郎は与之助をしゃかりきになって探しているに違いない。このままでは、また死人が出る。言うんだ」

「井原さま。私は過ぎたことはすべて忘れることにしているんですよ。そうじゃないと、仲間の信義に悖《もと》ることになりますんでね」

「ようするに、仲間を売るような真似は出来ないという意味だな」

伊十郎はにやりと笑った。

「どうやら俺と円蔵の関係もきょうで終わることになりそうだな。その覚悟があるなら、結構だ」

伊十郎が威《おど》すと、円蔵は顔をしかめた。

「井原さま。念仏三兄弟の居場所は勘弁してくださいな。その代わり、与之助の居場所を教えます」

「なに、与之助の居場所？」

「へえ。いかがですか」

「よし、わかった。だが、どうして、知っているんだ？」

「まあ、偶然ですよ」

「なるほど。身を隠すとしたら場末の盛り場か。そういうところには、おまえの息のかかった人間が巣くっている。その連中に、呼びかけていたってわけか」

円蔵の仲間は江戸の各地にいるのだ。

「さあ、どうでしょうか」

円蔵はとぼけたが、推測は外れていないはずだ。

「与之助はどこにいる？」

「稲荷町ですよ」

「稲荷町？」

「小間物屋の後家ですよ。以前につきあっていた女のところに転がり込んだようです。ずいぶん、もてる男でございますな」

「そうか。あの後家のところに身を潜めていたのか」

「井原さま。私が喋《しゃべ》ったことは内密に」

「わかった。俺とおまえの友情はまだ続きそうだ。で、向こうには知らせたのか」

「えっ、なんのことです？」

「とぼけるな。李兵衛から頼まれたはずだ。与之助をさがすようにな。当然、金はもらっている」

「………」

「心配するな。これからなら、知らせてもらって構わん。いや、知らせてもらったほうがいい」

「恐れ入ります」

円蔵は苦笑しながら頭を下げた。

そして、踵《きびす》を返した伊十郎に言った。

「あの兄弟の怒りはすさまじいものがあります。与之助を捕まえて牢内に閉じこめても、自分がお縄になってでも牢内まで追って行きます。そんな連中です」

「そうか。覚えておく」

伊十郎は改めて念仏三兄弟の恐ろしさを垣間見た気がした。

三

その日の夕方に、伊十郎は辰三と貞吉と共に稲荷町に来ていた。

貞吉が寺の横にある二階建て長屋の角の家に様子を見に行った。四半刻（三十分）ほどして戻って来た。

「二階の窓に男の影が見えました。どうやら、与之助のようです」

「間違いないな」

「どうしますか」

念仏三兄弟の一太と次郎がここにやって来る。三吉を殺され、いきり立っているはずだ。ここで、騒ぎを起こされたら巻き添えを食らう人間もいよう。

「ともかく、与之助を押さえるのだ」

「へい」

辰三は腕まくりをした。

「貞吉と松助は裏を見張れ。物干しから逃げ出してくるかもしれぬから用心しろ」

「わかりやした」

「よし。辰三。表から入れ」

辰三は小間物屋の後家の家に向かった。そして、戸を開けた。

「ごめんよ」

辰三が声をかける。

女が出て来て、はっとして立ちすくんだ。

「与之助がいるな」

「いえ、おりません」

女は震える声で答えた。

「与之助、出て来い」

辰三が怒鳴った。伊十郎は部屋に駆け上がり、梯子段《はしご》に向かった。

二階に行くと、与之助が部屋の真ん中で震えていた。

辰三も駆け上がって来た。

「与之助。面倒かけさせやがって」

辰三が与之助を一喝した。

「へい」

与之助は首をすくめた。

辰三は窓から顔を出し、裏口にいる貞吉と松助に上がって来るように言った。

「与之さん」

女が与之助のそばに駆け寄った。

「おまえを騙《だま》した男なのに、匿《かくま》ったのか」

伊十郎は呆《あき》れたようにきいた。

「だって、命を狙われているっていうから」

「まあいい。与之助。おまえが命を狙われているのはほんとうだ」

「へい」

与之助は顔を青ざめさせた。

「おまえは一階に下りていろ」

伊十郎は女に言った。

女はすごすごと梯子段を下りて行った。

「松助。押田敬四郎と長蔵を呼んで来るのだ」

伊十郎は松助に命じた。

「へい。すぐ行って来ます」

松助は梯子段を下りて行った。

伊十郎は与之助の前に片膝をついて腰を落とした。

「いいか。念仏三兄弟の一太と次郎は殺しの依頼からだけでなく、三吉の敵《かたき》を討つために必ず襲って来る」

「へい。あれからずっとここで怯《おび》えてました」

与之助は正直に言った。

「おまえは利休屋李兵衛の妾お春を誘惑した。そのことが、李兵衛に知られ、深川を逃げ出したんだな」

「そうです。お春さんが、旦那に知られた、殺されるから逃げろって」

「『花まさ』の女中おさきとは関係なかったんだな」

「へえ、おさきちゃんが行方を晦ましていたなんて知りませんでした」

「おさきは殺されていた」

「げっ、おさきちゃんが?」

「そうだ。砂村の野原に埋められていた」

「可哀そうに」

「おさきが誰とつきあっていたか知らないか」

「『和賀屋』の安太郎といっしょのところを見かけたことがありますぜ」

「どこで見たのだ?」

「仙台堀沿いを歩いていました。今川町《いまがわちよう》です」

「今川町だと?」

おようと六蔵が住んでいた佐賀町の隣町だ。

「あの近くの呑み屋が二階の小部屋を密会宿にして貸しているって噂です。おそらく、そこに行ったんじゃないかと思いますよ」

「そういうわけだったか」

おようと六蔵もふたりを見かけていたのだ。そのことで、安太郎を威したのか。

いまはそのことより、念仏三兄弟のことだ。

「与之助。ここで、念仏三兄弟を待ち伏せたいところだが、近隣のひとたちを巻き添えにして怪我《けが》でもさせたらいけねえ。暗くなったら、おめえを大番屋に連れて行く。その途中、襲われるかもしれぬ。だが、俺たちがおめえの命は守る」

「へい。でも」

「でも、なんだ？」

「あっしはひとを殺しちまったんだ。どうせ、死罪になるんだから」

与之助は捨て鉢に言う。

「相手はおめえを殺そうとしたんだ。必ず、おかみにもお慈悲はある。それを信じろ」

「へい」

与之助は力強く頷いた。

「ところで、五条天神裏の娼家『梅家』のおしまのところに通ったのはどうしてだ？」

「へえ。おしまさんとは囲い者のときに懇ろになりました。別れたあと、旦那に愛想をつかされ、お払い箱になっちまったそうです。あっしとのことがばれてしまったんです。その後は酒に溺《おぼ》れ、落ちるところまで落ちてしまった。娼家で働いていると知って、なんとかして上げたいと思いまして」

「罪滅ぼしか」

「へい」

「おすみからまきあげた十両はどうした？」

「おしまさんに渡しました。借金を返して自由の身になってもらいたいんです」

部屋の中が暗くなって来た。貞吉が行灯《あんどん》に灯を入れた。

暮六つ（午後六時）の鐘が鳴りはじめた。

「そろそろ来るころだ。下に行こう」

伊十郎は与之助を下に連れて行った。

それからほどなく、松助が押田敬四郎と長蔵を連れてやって来た。

「松助から聞いたが、念仏三兄弟が現れるってのはほんとうか」

押田敬四郎が血走ったような目を向けた。

「ほんとうだ。末弟の三吉の仇《かたき》をとるためには強引に仕掛けてくるはずだ。ここに与之助がいることは相手にばれている。ここで捕物騒ぎをするわけにはいかない。与之助を佐久間町の大番屋に送る」

「途中で、襲ってくるかもしれないな」

「その可能性は十分にある」

「よし、わかった」

「奴らを誘《おび》き出すためにも、俺たちが与之助を引き立てて行く。押田さんはあとからつけて来てもらいたい」

「いいだろう」

　日頃は反目しているふたりだが、この際は手を握るしかなかった。

「我らは三味線堀を通って向柳原《むこうやなぎわら》から新《あたら》シ橋の袂《たもと》に出る。襲撃されるとしたら三味線堀の辺りか、あるいは神田川沿いだ。大番屋に着く直前の可能性もある」

　打ち合わせを済ませてから、押田敬四郎と長蔵は先に外に出た。

「よし。与之助。出かける」

「へい」

「おめえを囮《おとり》にするようで気が引けるが、おまえにとってもここが正念場だ。縄は緩めにしておく。いざとなったら逃げるんだ。だが、心配しないでいい。きっと、守ってやる。俺たちを信じろ」

「わかってます」

「よし」

「与之さん」

　女が与之助にしがみついた。

「世話になったな。この恩は忘れねえよ」

しばらく女は与之助にしがみついていた。

「さあ、もういいだろう」

伊十郎は声をかけた。

ようやく女は与之助から離れた。

伊十郎たちは外に出た。自身番から借りて来た提灯《ちょうちん》を持って松助が待っていた。

女は町角を曲がるまで、見送っていた。

後ろ手に縛った縄尻を貞吉が持ち、提灯をかざした松助を先頭に、一行は寺町から武家地に入った。

夜になって冷たい風が吹いて寒くなったせいか、ひと通りは途絶え、辻番所の灯が寂しく浮かんでいた。

「旦那。おさきちゃんの仇を討ってくだせえ。あんないい娘を」

ふいに、与之助が呻《うめ》くように言った。

「この件が片づいたら、すぐ手をつける」

「へい。お願いします。あっしには妹みてえな娘でしたから」

後ろ手に縛られたまま、与之助はしんみり言った。

右手に佐竹家の上屋敷が続き、左手は小禄《しょうろく》の武家屋敷が並んでいる。やがて三味線堀に差しかかる。

「油断するな」

暗がりに身を潜め、五条天神での三吉のようにいきなり突進してくる可能性がある。伊十郎も左右の暗がりに目を配った。

後ろについて来るふたつの黒い影は押田敬四郎と長蔵だ。

「旦那。誰か来ます」

前方に提灯の灯が揺れて近づいてくる。伊十郎は十手《じって》を握った。すれ違いざまを狙うかもしれない。

提灯の灯が指呼《しこ》の間《かん》に迫った。半纏《はんてん》を着た職人体《てい》の大柄な男だ。顔は俯《うつむ》けているのでわからない。

一太は大柄な男らしい。伊十郎は警戒した。ふと、堀の辺で、黒い影が動いたような気がした。

職人体の男とすれ違った。何ごともなかった。ふと、堀のほうから何かが動いた。そっちに気をとられたとき、背後で地を蹴《け》る足音がした。

さっきの職人体の男がすさまじい勢いでひき返して来たのだ。堀の暗がりから男が突進して来た。

「貞吉。後ろだ」

暗がりから飛び出して来た男の前に立ちはだかりながら、伊十郎は叫んだ。貞吉の悲鳴が上がった。与之助が腕を押さえて呻いた。

辰三が職人体の男に向かった。貞吉とふたりで与之助をかばった。男の手に匕《あい》首《くち》が握られていた。

「出たな。念仏三兄弟の一太と次郎」

伊十郎は一喝した。

「どけ」

堀のほうから現れた男が怒鳴りながら与之助に向かった。伊十郎が立ちふさがる。

「おまえが次郎か」

与之助のほうに寄りながら、伊十郎は問うた。

「与之助は三吉の仇だ。どけ」

「三吉は与之助を殺そうとしたのだ。それで、殺されたのだ。文句は言えまい」

「生かしちゃおけねえ」

次郎は匕首を逆手に握って、腰を落としてにじり寄った。一太も匕首を握って迫った。

伊十郎は十手を構えた。

「一太に次郎。無駄なことはやめよ」

「うるせえ。そいつを殺す」

一太は匕首を構えて強引に向かって来た。伊十郎は待ち構え、繰り出して来た匕首を十手で跳ね返した。だが、すぐ体勢を立て直して、また襲いかかって来た。

今度は伊十郎は体《たい》をかわし、相手がよろけたところに足蹴りをした。一太はつんのめった。

「待ちやがれ」

押田敬四郎と長蔵がかけつけた。

一太と次郎は逃げようとせず、与之助に憎悪の炎を燃やしていた。

「三吉は俺たちの可愛《かわい》い弟だった。それを殺しやがって」

一太は肩で息をしながら与之助に迫る。だが、辰三や貞吉が与之助を守り、近づけない。押田敬四郎が叫ぶように言う。

「念仏三兄弟。根津権現での香具師《やし》の親方殺し、おまえらの仕業だとわかっているのだ。おとなしくお縄につけ」

「ちくしょう」

一太はいきなり反対方向に駆け出した。次郎も続く。

伊十郎は十手を投げた。風を切り、唸り音をさせて十手が次郎の肩に向かって飛んで行った。

悲鳴が上がり、次郎がよろけた。十手が地べたに落ち、続いて次郎が膝をついた。そこに、押田敬四郎が素早く駆け寄り、次郎を押さえつけた。

「次郎」

先で立ち止まった、一太は振り返った。

伊十郎は一太に近づいた。

「観念するのだ」

「このやろう」

必死の形相で、一太は匕首を振りかざしてきた。伊十郎は刀の鯉口《こいぐち》を切って、踏み込みながら抜刀した。

匕首が空を飛び、月明かりを受けて一瞬輝き、すぐに落下した。

一太は茫然と立ちすくんでいた。

四

翌朝、伊十郎は日本橋本町の『利休屋』の店先に立った。大戸は開いているが、まだ店を開くには早い時間で、暖簾《のれん》は下がっていなかった。

家人の出入口にまわり、辰三が格子戸を開けた。

「ごめんよ」

奥に向かって呼びかけた。

はあいという声がして、女中が現れた。だが、伊十郎たちを見て、顔色を変えた。

「旦那はいるかえ」

「は、はい。少々、お待ちを」

女中があわてて奥に引っ込んだ。異変を察したのかもしれない。

大番屋に引っ張って行き、問い詰めたが、一太も次郎もだんまりを決め込んだ。李兵衛の名前を出しての追及にも頑として口を割らなかった。依頼人との信義を重んじるというより、ふたりにとって依頼云々《うんぬん》のことではなかったのだ。三吉の仇をとる。その思いだけが頭を占めていた。

　女中が戻って来た。

「どうぞ」

怯えた様子で、上がるように勧めた。

伊十郎と辰三は部屋に上がり、女中の案内で廊下伝いに奥に通された。客間ではない。李兵衛の部屋のようだ。

　障子を開けて、

「どうぞ」

と、女中が言った。

伊十郎と辰三は部屋に入った。鬢に白いものが目立つ初老の男が座っていた。

ふたりはその男の前に腰を下ろした。

「李兵衛にございます」

「北町の井原伊十郎だ。用向きはわかっていよう」

「はい。与之助のことでございますね」

　李兵衛は素直だった。

「そうだ。そなたが念仏三兄弟に与之助殺しを依頼したことはわかっている」

「恐れ入ります。ただ、その後は違います」

「違う？」

「確かに私は念仏三兄弟に十両を渡し、殺してくれと頼みました。嫉妬からでした。しかし、数日して落ち着いてくると、自分の行動を反省し、念仏三兄弟に依頼を取り下げました。金は返さずともよいから、殺しをやめるように言いました。むこうも承知したと思っていました。まさか、半年経ってから実行するとは思ってもみませんでした」

「依頼を取り消したという証はあるのか」

「いえ。口約束だけです」

「依頼がないまま、念仏三兄弟が半年も与之助を追い続けていたとは信じられぬ」

「はい。私も信じられませぬ。まさか、こんなことになろうとは」

　李兵衛は苦しそうに言った。

　尊大な男らしいが、見苦しい言い訳をするようには思えなかった。それに、嫉妬にかられて殺しを依頼したものの、冷静になってから取り消したという言い分もあながち言い訳とも思えなかった。

「そうか」

伊十郎ははったと気づいた。閻魔の円蔵め。やはり、食えない男だと、伊十郎は唇をひん曲げた。

「利休屋。そなたは旗本の村上彦一郎どのと親しいようだな」

話題を変えたことに、杢兵衛は戸惑いを見せて、

「はい。茶の湯をたしなまれますゆえ、よくお出《い》でになります」

「村上どのは曜変天目茶碗を求めていたな」

「はい。天下に幾つもないものをお望みでした。私どもには手に余るゆえ、『最古堂』の主人に引き合わせました」

「『最古堂』で手に入ると思ったのか」

「主人の円蔵はとんでもない手づるを握っています。それが御法に触れるかは別として。ただ、失礼ながら村上さまがお買い求め出来るような額ではありません。ですから、円蔵には偽物を掴ませるようにこっそり告げました。村上さまを裏切る真似をしてしまいましたが」

「偽物を？」

「はい。村上さまは天下一品の曜変天目茶碗を叩き割るおつもりです。つまり、

あくまでも村上さまの心の問題でございますゆえ」

「そなたは、なぜ、村上どのがそのような真似をしようとするのか、その理由に思い至っているようだな」

「はい。村上さまは離縁されたご妻女どのを曜変天目茶碗になぞらえているのです。叩き割ることによって、自分の心に巣くっている妻女どのの面影を消そうとなさっている。そう推し量っております」

杢兵衛はよく見ていると、思った。

「利休屋。与之助の件、そなたの言葉を信じよう。念仏三兄弟への依頼はなかった」

伊十郎はいきなり話を元に戻した。

「信じてくださるのでございますか。言い逃れとは思わないのはどうして？」

杢兵衛は意外そうな顔をした。

「話していれば、嘘かまことかわかる。だが、杢兵衛。そなたは、たったひとつだけ、隠し事をしている」

「いえ、隠し事など……」

「杢兵衛。そなたほどの男だ。自分が依頼を断ったのに、なぜ、念仏三兄弟が与之助を狙っていたか。そのわけに気づいているはずだ」

「………」

「どうだ、李兵衛」

李兵衛ははっとした。

「そなたは、お春をかばっているな」

李兵衛は悲しげな顔になった。

「お春は自分を騙した与之助が許せなかったのか」

「いえ、それだけではありません。お春は与之助に心底惚《ほ》れてしまったんです。与之助が他の女と仲良くすることに耐えられなかったのです」

「お春が念仏三兄弟に与之助殺しを改めて依頼したのだな。そのことを知っていたのか」

「いえ。与之助が三兄弟の末弟を殺したと聞いたとき、私の依頼がまだ生きているのかと驚きました。それで、『最古堂』の円蔵さんを介して三兄弟に連絡をとってもらいました。そしたら、お春の依頼だということがわかりました。私はお春にすぐにやめさせました。でも、もう遅かった……」

李兵衛は無念そうに言った。

「三吉の仇を討つ。一太と次郎の目的はそのことになっていたのだな」

「はい」

「わかった」

「井原さま。お春はどうなりましょうか」

「それなりの処罰は免《まぬが》れぬ」

「はい」

李兵衛ががっくりと肩を落とした。

これで、与之助絡みの件は片づいた。あとは、安太郎のほうだ。だが、安太郎を追及する決め手に欠けていた。

『利休屋』の外に出たとき、待っていた貞吉が急いで近寄って来た。

「深川仲町の自身番の者が探していました。市子のお浜が旦那に話したいことがあるそうです」

「なに、お浜が？　よし。これから、深川だ」

おさきの事件解決の突破口になるかもしれないと、伊十郎は勇躍して、深川に急いだ。

五

お春のいる冬木町に向かう辰三と貞吉と別れ、お浜のところには伊十郎ひとりで行くことにした。

お浜の住む三十三間堂裏の長屋の木戸をくぐった。日向ぼっこをしている年寄りがこっちをじっと見ていた。

お浜の家の前にきょうは客の姿はなかった。伊十郎は腰高障子を開けた。

部屋の真ん中で、お浜がぽつねんと座っていた。

「お浜。話があるそうだな」

伊十郎は声をかけた。

「どうぞ」

お浜は上がるように勧めた。

大刀を腰から外して、伊十郎は部屋に上がった。

お浜と差し向かいになってから、

「きょうは客がいないが、休みか」

と、きいた。

「あれ以来、評判が評判を呼んだのか客が押しかけましてね。ちょっと異常なほどでした。もう疲れ切って。このままじゃ、死んじまいます。それで、きょうは休みにしました」

お浜は自嘲ぎみに口許を歪めた。

「それはそうだろうな。おさきの霊が訴えた通りに死体が出て来たなんて、誰もがおまえの力に驚く。藁《わら》にでもすがりたいと思う連中が押しかけるのも無理はない」

「これで、死体発見に裏があったと知ったら、今度は誰も寄りつかなくなってしまいますよ」

「裏があったことを認めるのか」

「ええ。私は前のように細々と占いをやっているのが性《しょう》に合っています」

「聞こう」

と、促した。

「はい。旦那の仰るとおり、お金をぽんと積まれ、頼まれました。若い男です。名前は知りません。でも、声を聞けばわかると思います」

安太郎だろう。良心の呵責《かしやく》に耐えかねたのに違いない。

「よく話してくれた」

「旦那。このことはおおっぴらになるんですね」

「金のためにではなく、ひと助けのために商売をすると約束するなら、黙っていよう。おまえの力を信じてやって来る者たちの夢を壊す必要もあるまい」

「旦那。それじゃ、このままでいいんですかえ」

「いま言ったことを守るんだ。いいな」

「はい。ありがとうございます」

お浜は額を畳につけるように頭を下げた。

お浜の長屋を出て、冬木町に向かった。

自身番に寄ると、辰三と貞吉がお春を引き立てていた。

「お春は白状しました」

「そうか。よし、大番屋に連れて行こう」

お春は不貞腐《ふてくさ》れて奥の板の間から出て来た。

「旦那。与之助さんも捕まったそうですね」

お春がにやつきながらきいた。

「ああ、おまえが念仏三兄弟に命を狙わせなければ、与之助も牢に入ることはなかった。結局、おまえの仕返しがうまくいったということだ」

「ふん、私を騙した罰だわ」

お春は顔を醜く歪めた。目尻に浮かんだ皺《しわ》がもう若くないことを物語っている。かつての売れっ子芸者も歳による容色の衰えに焦りを持っていたのかもしれない。そのことがよけいに与之助への恨みとなったのか。


お春を大番屋の仮牢に入れてから、伊十郎は豊島町一丁目に向かった。

日毎に寒さが増して行く。きょうは晴れているが、冷たい風が吹きつけていた。

伊十郎は『和賀屋』の前にやって来た。

辰三が店先にいた手代に、安太郎を呼ぶように命じた。待つほどのこともなく、安太郎が出て来た。

「話がききたい。自身番まで来てもらおうか」

「はい」

安太郎は素直に頷いた。

自身番の奥にある三畳の板敷きの間に安太郎を連れ込み、伊十郎と辰三が向かい合った。安太郎は青ざめた顔をして神妙に腰を下ろしている。

「安太郎。『花まさ』のおさきの死体を見つけるように、市子のお浜に頼んだのはおまえだな。しらを切るなら、お浜と対面させる。どうだ？」

「そのとおりでございます」

安太郎は観念したように答えた。

「おまえはおさきと深い仲だったのか」

「はい」

「誰にも知られぬように、今川町にある密会宿で落ち合っていた？」

「そのとおりでございます」

安太郎の声は震えを帯びている。

「おまえには許嫁《いいなずけ》がおり、おさきに別れ話を持ちだした。だが、おさきは別れることを許否した。だから、おさきを……」

「違います。殺したのは私ではありません」

「おまえが直接手にかけずとも、六蔵にやらせたのなら、おまえが殺しの首謀者であることに変わりはない」

「ほんとうです。おさきさんは私のためを思って身を引いてくれたんです」

「やい、安太郎。いい加減なことを言うな。死人に口なしだと思っているんだろうが、そうはいかねえ」

「聞いてください」

安太郎は泣き声になった。

「おさきさんと別れたあと、朋輩《ほうばい》のおようって女がおさきさんに頼まれたと言って私に会いに来ました。そしたら、手切れ金を寄越せと言い出したのです。おさきさんがそんなことを言うはずがないと突っぱねると、金を出さないならおさきさんとの仲を言い触らすと叫ぶのです。おとっつあんにも告げると。それで、おさきさんに会いに行きました。そしたら、私はそんなこと知らないと言いました。でも、それからもおようがやって来ました。おさきさんに会ったこと告げ、およううの要求を突っぱねました。そしたら、数日後に六蔵という男もいっしょにやって来て、私に頼まれておさきさんを始末したと言い出したんです」

安太郎は昂奮してきた。

「いつの間にか、別れてくれないおさきさんを、私がおようと六蔵に頼んで始末したということに。もし、奉行所に訴えたら一蓮托生《いちれんたくしょう》だと嘯《うそぶ》いていました」

「それで、威しに屈したのか」

「はい。おさきさんが行方不明になっていると知り、ほんとうだと思いました。やむなく、三十両出しました。そのとき、おさきさんを埋めたという場所を聞きました」

「しかし、脅迫はそれで済んだわけではなかった？」

「はい。半年経って、また現れました」

「それで、土蔵から三十両をくすねたのか」

「はい。ですが、おとっつあんに三十両を見つかってしまい、ふたりのところにお金を持たずに行きました。もう、しばらく待ってもらうつもりで」

「俺たちが踏み込んだとき、おまえがおようといい仲になったということでごまかしたのだな」

「はい。あのあと、おとっつあんにすべてを話しました。それで、おとっつあんがふたりに話をつけに行きました。おとっつあんが改めて三十両を出して、これ以上、要求したら、美人局《つつもたせ》に引っかかったとおまえたちを訴えると威したそうです。そのために、井原さまたちを利用したのです」

「そうか。俺たちにおようと六蔵に美人局の疑いを投げかけさせたのは、ふたりに対する牽制《けんせい》でもあったわけか」

「はい」

「おようたちが引っ越す前に長屋を訪ねた年配の男は安右衛門だったのだな」

「そうです」

「だが、いまの話がほんとうだという証拠はない。おようと六蔵はどこにいる？」

「知りません。あれから会っていません」

「安右衛門も知らないのか」

「はい、知りません。あのとき、三十両を渡し、縁を切ったと思っているはずです」

「よし。安太郎をとりあえず帰そう」

「えっ、いいんですかえ」

辰三が驚いてきいた。

「安太郎は逃げ出す恐れはない。それに、おようと六蔵にも問いただささねば真相はわからぬ」

「わかりました。おう、安太郎」

辰三は安太郎に顔を近づけ、

「帰っていいが、変な小細工など妙な真似をするんじゃねえ。安右衛門にもそう言っておけ。わかったな」

と、釘を刺した。

およう と六蔵はどこに逃げたのか。行方がわからないまま、数日が過ぎた。だが、手配書を作り、各町の町役人にも通達が行き渡り、ふたりはもはや大手を振って外を歩けない身だ。

捕まるのは時間の問題だが、いまだに行方がわからないことにいささか焦りを覚える。

この間、与之助とお春、それに念仏三兄弟の一太と次助は小伝馬町《こでんまちょう》の牢送りになり、一応の決着をみたが、おさき殺しのほうはおようと六蔵を捕まえない限り、解決出来ない。

その日も、ふたりの行方を摑めないまま一日が終わり、伊十郎は奉行所から八丁堀の屋敷に帰って来た。

若党の半太郎が駆け寄って小声で言った。

「百合さまのところの女中がお待ちです」

「百合どのの」

伊十郎は客間に急いだ。

「お待たせした」

伊十郎が入って行くと、女中は頭を下げた。

「百合さまからの言伝《ことづ》てでございます。百合さまがまた、この前と同じようにこちらで夕餉《ゆうげ》をいただきたいとのこと」

「ほんとうですか。私のほうはいつでも」

「では、明後日の夜はいかがですか」

「構いません」

おさき殺しが未解決で残っていることで気が重いが、百合とのことは特別だ。

「では、そのように」

そう言い、女中は別れの挨拶をして立ち上がった。

「明後日か」

伊十郎は呟いた。なんとか、明日中にはふたりを捕まえたい。そう祈ったとき、貞吉が駆け込んで来た。

「旦那。おようを見つけました」

「なに、どこだ?」

「はい。三ノ輪《みわ》です。いま、親分が見張っています」

「よし、松助。出かけるぞ」

松助に大声で呼びかけ、伊十郎は支度のために居間に戻った。

「旦那さま。夕餉の支度が出来ましたが」

半太郎が追いかけて来て言う。

「いい」

着替えてから、伊十郎は十手を懐に仕舞い、刀を掴んで玄関に急ぐ。

亀島川《かめしま》まで走って、三人は猪牙舟《ちょきぶね》に乗り込んだ。船頭が棹《さお》を使って舟を出発させ、行徳河岸《ぎょうとくがし》を過ぎ、やがて暗い大川に出た。

「どうしてわかったのだ？」

「へえ。じつは……」

「じつはなんだ？」

「お浜です」

「お浜？　市子のお浜か」

「へい。お浜がわざわざ磯六親分のところに出向いて、手配書のおようの行方を占ったら三ノ輪辺りにいるという神の御告げが出たというんです。ぜひ、井原の旦那に知らせて欲しいと」

「俺に？」

「旦那にお世話になった礼だと」

おさきの死体発見の秘密を守ってやったことで恩誼《おんぎ》を感じていたようだ。

「磯六親分は半信半疑のまま辰三親分に伝えたんです。辰三親分も半分は疑いながら、旦那に知らせる前に調べてみようっていう気になって三ノ輪で聞き込みをかけたら、植木屋の離れに夫婦者がしばらく前から住み着いているって噂が」

「そういうわけか」

あの女はほんとうに神がかりだと、伊十郎はお浜の占いの力に目を見張る思いだった。

舟は吾妻橋《あづまばし》をくぐってから、山谷堀を入り、そのまま西に向かった。日本堤《にほんづつみ》には吉原通いの駕籠《かご》や男たちの歩く姿が見えた。

川はこのまま先へ行けば、谷中《やなか》、日暮里《にっぽり》へと続くが、伊十郎と貞吉は三ノ輪で舟から下りた。

貞吉の案内で、藁葺《わらぶ》きの農家の前にやって来た。庭にはたくさんの鉢植えの草花が並んでいた。

裏手にまわると、松の大樹の陰に辰三がいた。

「旦那。ふたりは中にいますぜ」

辰三が指さした先に、小屋が闇《やみ》の中にひっそりと佇《たたず》んでいた。

「踏み込みますかえ」

辰三がきいた。

「その前に、母屋の住人に確かめてみよう」

伊十郎は母屋に向かった。

戸を開き、中に呼びかけた。

暗い土間から、年寄りが顔を出した。

「北町奉行所のものだ。離れにいるのはおようと六蔵か」

伊十郎の問いかけに、年寄りはびっくりした顔をした。

「おようが何か」

「手配書を見ていないのか」

「手配書?」

「ひとを殺した疑いだ」

「げえ」

「およとはどういう関係だ？」

「はい。およは姪《めい》になります」

年寄りは震える声で言った。

家族の者は怯えたように年寄りの後ろに集まっていた。

「いつから、ここに？」

「三日前です。悪い人間に追われているので、しばらく匿って欲しいと」

どうやら、手配書がまわって、それまでの隠れ家からここに移って来たものと思える。

「これから、ふたりを捕まえる。家の者も、外に出ないように」

そう言い、伊十郎は辰三のところに戻った。

「よし。行くぞ」

「へい」

出入口は一カ所しかないので、正面から突き進んだ。雨戸は閉まっているが、隙間から微《かす》かに灯が漏れている。

辰三が戸を叩いた。

しばらくして、戸の内側から声がした。

「誰？」

「俺だ」

母屋の人間を装った。

時間がかかったので、ばれたかもしれないと思っていると、ようやく戸が開いた。おようの顔が現れた。

あっと、おようが悲鳴を上げた。

辰三がおようを突き飛ばして中に入った。おようを松助と貞吉に託し、伊十郎も踏み込んだ。

部屋の奥で、六蔵が匕首を構え、抵抗の素振りを見せていた。六蔵の顔には隈《くま》が出来、目が血走っていた。

「六蔵。あがいても無駄だ。おさき殺しの疑いだ。おとなしくしろ」

「ちくしょう」

悲鳴のような声を上げながら、六蔵が匕首を構えて突進してきた。伊十郎は迎え撃ち、十手で六蔵の小手《こて》を叩いた。匕首を落とし、六蔵は悲鳴を上げてうずくまった。

辰三がたちまち縄をかけた。

およよも部屋の中に連れ戻した。

「おさきを殺し、砂村に埋めたのはおまえたちだな」

「………」

「言い逃れは出来ぬ。正直に言うんだ」

伊十郎が一喝した。

「ほんとうのことを話すのだ。そうじゃないと、死んだおさきが浮かばれねえ」

六蔵がうなだれている。

「おめえたちは、おさきを使って安太郎をゆすろうとしたのだ。だが、おさきはそれに乗ってこなかった。だから、殺して、安太郎に罪をなすりつけようとした。違うか」

「そうだ」

「六蔵さん。なにを言うんだ。おさきを殺したのは安太郎だ」

「およう。もう、だめだ。あれから、毎晩、おさきが夢に出て来るんだ」

「あれから？　ふん。情けない。市子のお浜がおさきの霊を呼び出したなんて信じちまってさ」

およようが蔑《さげす》むように六蔵を見て吐き捨てた。

「お浜を知っているのか」

「一度、占ってもらったことがあるのさ。そんとき、言い当てられたものだから、すっかり信じちまってさ」

「六蔵。正直に言わねえと、おさきの霊に取り殺される」

伊十郎は威した。

「へい。おさきはあっしが殺しました。おさきを唆《そそのか》して安太郎をゆすろうとしましたが、それに乗ってこないばかりか、安太郎を威すことをやめさせようとしたんです。それで、ついかっとなって。気がついたとき、首を絞めてました」

「それを安太郎に頼まれてやったことだと言って、脅迫したのだな」

「そうです」

「およう。間違いないか」

「ふん。情けない男だよ。亡霊にとりつかれて。ええ、そうですよ。そのひとの言うとおりですよ」

およう は不貞腐れたように言った。

「おまえたちがここに隠れ潜んでいると教えてくれたのはお浜だ。あの者の占いは……」

「いやですよ、旦那まで。あのひとに相談に行ったとき、私は三ノ輪に親戚がいるという話をしていたんですよ。そのことを覚えていたんじゃないですか」

「それはほんとうか」

「そうですよ。占いなんかじゃありませんよ」

なるほど、そういうわけだったのか。しかし、お浜のおかげでふたりを捕まえることが出来たのは事実だった。

翌日、朝から大番屋で、『和賀屋』の安右衛門と安太郎父子も呼び、おようと六蔵の取調べをした。

そして、夕方にはおようと六蔵は小伝馬町の牢送りになり、安右衛門と安太郎はいったん家に帰した。おさきの死を隠していたことで、何らかのお咎《とが》めを覚悟しているようだった。

事件が解決し、久し振りに解放された気分になった。辰三たちは『おせん』で祝杯を上げると言って出かけた。

伊十郎は用事が済んだら顔を出すといい、高砂町のおふじの家に向かった。明日の夜は百合がまた我が屋敷で夕餉をとるというのに、その前日におふじの家を訪れることになんとなく負い目を感じないではないが、今夜は、おふじとゆっくりしたい気分だった。

そういえば、前回、百合が我が屋敷で夕餉をとった夜に、『ほたる火』が出没した。

一時は百合を『ほたる火』ではないかと気に病んだことがあったが、その疑いもなくなった。

もっとも疑いに火をつけたのは浮世絵師の英才だ。あの男が変なことを言い出したから、伊十郎もつまらぬ疑念にさいなまれたのだ。

百合といっしょのとき、日本橋駿河町に『ほたる火』が現れたのだから、これほど確かな証拠はない。

そう思ったとき、ふとこのようなことが以前にもあったような気がして来た。なんだったろうかと考えたが、すぐに思いだせない。

おふじの家の近くに差しかかったとき、ふと町角を曲がった女がいた。おやっと思った。百合のところの女中に似ていた。

まさかと思い、町角まで駆けた。だが、女の姿はなかった。他人の空似かもしれない。あの女中がこんなほうに用があるはずないだろう。

ひと違いだと思い、おふじの家に向かいかけたとき、あっと覚えず声を上げた。ある記憶がひょっこり蘇《よみがえ》ったのだ。

おふじのことだ。最初は、おふじが『ほたる火』ではないかと疑ったことがあった。

一度、『ほたる火』に出会ったとき、伊十郎が投げた十手が『ほたる火』の足に当たった。その後、出会ったおふじもまた足首を怪我していた。そんなことから、おふじに疑いを向けたことがあった。

その疑いが晴れたのは、伊十郎がおふじの家で過ごした夜に『ほたる火』が現れたからだ。

百合の場合もそうだった。『百合』と過ごした夜に『ほたる火』が現れた……。

伊十郎は考え込んでいて、おふじの家を行き過ぎ、浜町堀に出た。引き返そうと思ったが、気になることがあって、伊十郎は浜町堀を渡った。向かったのは浅草田原町の英才の家だった。

半刻後、伊十郎は英才の家の二階にいた。

「おまえは駿河町で『ほたる火』を待ち伏せすることを誰かに話したか」

「いえ、そんなことは誰にもいいませんよ。なぜ、ですかえ」

「いや。それにしても、おまえの勘がどんぴしゃりだったので驚いているのだ」

「ええ。正直、私もびっくりしているんですよ」

「ほんとうに、誰にも話していないのか。たとえば、音曲の師匠のおふじにも？」

「おふじさん……」

英才は微妙な顔つきになった。

「どうした？」

「おふじさんにならば」

「話したのか」

伊十郎は舌がもつれそうになった。

「ええ。絵を描かせて欲しいと頼みに行って断られましたが、そのときもう一度『ほたる火』に会ってみせるってちょっと向きになって言いました」

伊十郎は唖然《あぜん》とした。

おふじは英才が駿河町で『ほたる火』を待ち伏せていることを知っていたのだ。

このことは何を意味するのか。

「英才、邪魔をした」

伊十郎は英才の家を飛び出した。

丸みを帯びて来た月が皓々《こうこう》と照っている。冬の到来を思わすような寒さだった。だが、体は冷気に包まれているのに、感覚が麻痺《まひ》したように寒さを感じなかった。百合とおふじのことで頭が混乱していた。『ほたる火』のことで、なぜ百合とおふじとで同じような体験をしたのか。そして、百合の家の女中は、なぜおふじの家の近くにいたのか。

一度、おふじに百合への疑惑を語ったことがある。そのときのおふじの態度は妙だった。百合が伊十郎の屋敷で夕餉をとると言ってきたのは、その直後だ。明日の夜、再び、百合が屋敷にやって来る。まさか、明日の夜、またも『ほたる火』が現れるのではないか。

ふと目眩《めまい》を覚えたように足がもつれた。なんとか踏ん張ったが、頭が混乱して、胸が締めつけられるように痛くなった。

ひと通りの絶えた夜道を、伊十郎はまるで酔っぱらいのようによろけながら、辰三たちが待っている『おせん』に向かった。

コスミック・時代文庫

春《はる》待《ま》ち同心《どうしん》【四】
心残り

2025年2月25日　初版発行

【著 者】
小《こ》杉《すぎ》健《けん》治《じ》

【発行者】
松岡太朗

【発 行】
株式会社コスミック出版
〒154-0002 東京都世田谷区下馬 6-15-4
代表　TEL.03(5432)7081
営業　TEL.03(5432)7084
　　　FAX.03(5432)7088
編集　TEL.03(5432)7086
　　　FAX.03(5432)7090

【ホームページ】
https://www.cosmicpub.com/

【振替口座】
00110-8-611382

【印刷／製本】
中央精版印刷株式会社

ISBN978-4-7747-6625-6 C0193